사랑하는
아들에게

로스쿨 교수가 꿈많은 아들에게 들려주는 인생 지침서

# 사랑하는 아들에게

발행일     2016년 04월 18일

지은이     박 한 뫼
펴낸이     손 형 국
펴낸곳     (주)북랩
편집인     선일영                          편집   김향인, 서대종, 권유선, 김예지
디자인     이현수, 신혜림, 윤미리내, 임혜수       제작   박기성, 황동현, 구성우
마케팅     김회란, 박진관, 김아름
출판등록    2004. 12. 1(제2012-000051호)
주소      서울시 금천구 가산디지털 1로 168, 우림라이온스밸리 B동 B113, 114호
홈페이지    www.book.co.kr
전화번호    (02)2026-5777                  팩스   (02)2026-5747

ISBN      979-11-5987-004-0 03810(종이책)       979-11-5987-005-7 05810(전자책)

이 도서의 국립중앙도서관 출판예정도서목록(CIP)은 서지정보유통지원시스템 홈페이지(http://seoji.nl.go.kr)와
국가자료공동목록시스템(http://www.nl.go.kr/kolisnet)에서 이용하실 수 있습니다.
(CIP제어번호: CIP2016009308)

성공한 사람들은 예외없이 기개가 남다르다고 합니다.
어려움에도 꺾이지 않았던 당신의 의기를 책에 담아보지 않으시렵니까?
책으로 펴내고 싶은 원고를 메일(book@book.co.kr)로 보내주세요.
성공출판의 파트너 북랩이 함께하겠습니다.

로스쿨 교수가 꿈많은 아들에게 들려주는 인생 지침서

# 사랑하는 아들에게

박한쀠 지음

book Lab

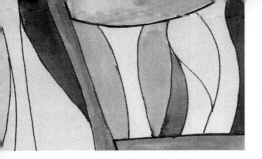

차
례

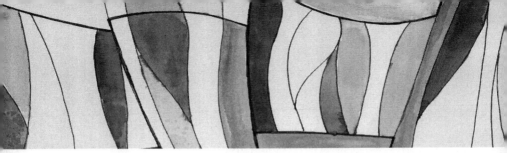

# 머리말

어린아이를 기르는 모든 부모에게 아이를 잘 양육하는 것은 최대의 관심사일 것이다. 나와 아내도 결혼한 지 10년이 다 되어, 처음으로 맞은 남자아이를 어떻게 기를 것인지 노심초사하였다. 육체적인 건강도 중요하고, 정신적으로도 구김이 없이 자라기를 바랐지만, 그러려면 어떻게 해야 하는지 알 수 없었다.

가령 학교에서 친구와 다툼이 생겼을 때, 양보하라고 말하자 아들이 친구도 양보하지 않는데 왜 자기만 양보해야 하느냐고 반문해 참 곤혹스러웠던 적이 있다. 성인에게 하듯 설교한다고 해서 그때 아이의 눈높이에서 받아들이기는 어려웠을 것이다. 그렇다고 해서 친구가 그런 식이면 너도 똑같이 해주면 된다고 할 수도 없는 노릇이어서 더 막막했다.

우연히 아들에게 짧은 편지형식의 글을 전하기로 마음먹게 되었다. 각각의 글들은 이해하기 어렵고 잔소리 같기도 하고 또 지겨울 수도 있었을 것이다. 그렇지만 가랑비에 옷 젖듯이 글을 보며 생각하고 성장하기를 바라는 마음에서 꾸준히 보냈다.

사실 아이가 그날그날 편지를 열어보지 않고 며칠, 때로는 일주일에 한 번씩 열어보는 일도 많았다. 언젠가는 아들이 "아빠는 편지에서는 성인처럼 이야기하면서, 왜 남의 단점을 이야기해요?"라고 말해서 곤혹스러웠던 기억이 있다. 그래도 그때 아들의 반문이 내 편지가 아이의 마음에 내장되고 있다는 징후라고 생각되었고, 아이가 스스로 옳고 그름의 기준을 가지게 된 것 같아 대견하게 생각했었다.

부처님도 자녀 교육에 고심하였다는 글을 읽은 기억이 난다. 자녀 교육에 있어서 가장 힘든 점은 감정을 통제하는 일이다. 그런 점에서 면전에서 말로 하는 것보다는 글을 통해 부모의 생각을 전하는 것이 낫다고 생각했다.

대부분 한 자녀 가정에서는 부모가 경험이 없이 아이들을 기르게 된다. 시행착오를 줄이려면 결국 책을 찾아보거나 스스로의 사유를 통해 아이에게 가장 좋다고 생각되는 것을 기준으로 삼을 수밖에 없다. 이런 점에서도 역시 시간적 여유를 가지고 가다듬은 글을 아이에게 전달하는 것이 효과적이라고 생각한다.

그렇지만 솔직히 말해 나의 글이 아이에게 어떤 영향을 미쳤는지는 구체적으로 알지 못한다. 꼭 긍정적인 영향만 미쳤다고 할 수도 없을 것이다. 그렇지만 나로서는 아이에 대한 애정과 관심을 담아 보낸 글들이다. 여기 모은 글들은 아이가 중학교 1학년 2학기 후반부터 고등학교 2학년 1학기까지 쓴 것이다. 내용은 극히 어설프지만 한 아빠가 아이에게 보냈던 애정의 흔적으로 받아들여졌으면 좋겠다. 부족한 글을 모아 책으로 모양을 갖추게 애써 준 아내에게 깊이 감사한다.

2016년 새봄에 글쓴이

# 학교 음악회

아들아,

어제 학교 음악회는 멋진 행사였다.

예정된 시간보다 많이 지체되고,

무대 정리 같은 것이 체계적으로 이루어지지 않아

산만한 감도 있었지만, 전체적으로 좋았다.

짧은 시간에 학생들이 각종 악기로 손발을 맞춰

그 정도로 성과를 낼 수 있다는 것이 놀랍기도 했다.

너도 그동안 피아노 연습을 하면서 플루트까지 연습하고,

입 모양 때문에 스트레스 많이 받았을 텐데

열심히 연주하고 많은 박수를 받았을 때

모든 스트레스가 다 날아갔으리라고 생각한다.

우리 인생도 그런 것 아닐까?

무엇을 준비하고 노력할 때는 힘이 들지만

최선을 다하고 좋은 성과가 나왔을 때는

기분이 좋고 보람도 느낄 수 있다.

2010.12.01.
아빠가

# 미리미리

아들아,
오늘처럼 등교 시간을 겨우 맞춰 학교에 갈 정도로
생활하면 안 된다.
중간에 뜻하지 않은 일이 생겨서
늦을 수도 있으니까
시간적 여유를 가지고 등교하여
마음의 준비를 한 상태에서
수업을 듣는 것이 좋다.

잠이 부족하면
미리 할 일을 마치고
일찍 잠자리에 드는 것이 좋겠다.

그리고 틈나는 대로 아빠랑 같이
운동해서 체력을 기르자꾸나.
청소년기에 열심히 운동해서,
체력을 기르고 몸과 마음을 바르게 하는 것이
훌륭한 사람이 되는 필수조건임을 알아야 한다.

2010.12.02.
아빠가

# 휘슬러 설경

아들아,
다시 한 주가 시작되었구나.
어제 휘슬러에서 곤돌라를 타고
눈 덮인 산과 나무와 푸른 하늘,
스키 타는 많은 사람을 보며,
기분 전환이 되었는지 모르겠구나.
스키도 타고, 스노보드도 배우고
하고 싶은 일이 참 많지?
나중에 배울 기회가 있을 것이다.

하고 싶은 취미생활을 평생 하며 지내려면
지금 열심히 미래를 준비해야 한단다.
얼마 남지 않은 캐나다 생활도
긍정적인 마음으로 열심히 하기를 바란다.

2010.12.06.
아빠가

# 컴퓨터 게임 관련 규칙

아들아,

오늘 아침에는 평소보다 아주 조금(3분 정도) 일찍
집에서 출발했는데(그래도 8시는 넘었다),
한결 여유 있게 다른 차에 양보도 하면서 등교할 수 있어서
좋았지?
그것이 여유 있게 사는 비결이다.
남보다 아주 조금 먼저 생각하고
준비하며 살아가면
허둥대지 않고 멀리 보면서 살 수 있다.

어제 컴퓨터 게임 문제로 합의한 규칙을 적어본다.

1) 월~수 중 1회 30분, 목~토 중 1회 30분, 일주일에 1시간 게임을 한다.
2) 해야 할 일(숙제, 일기 등)이 가장 적은 날을 스스로 정해 게임을 한다.
3) 해야 할 일을 먼저 한 다음에 게임을 한다.
4) 사정이 있어서 하지 못했더라도, 다음에 미뤄서 하지는 않는다.
5) 자율적으로 제한시간을 지키지 못하면 다음 게임 기회를 박탈한다.

어제도 말했지만, '자율'을 배워야 한다.
이제 부모가 사사건건 통제하던 삶에서 점점 벗어나,
스스로 자기 삶을 이끌어나가는 방법을 익혀야 한다.
게임에 지배당해서 끌려다니면 안 된다.
우리 아들은 잘 해나가리라 믿는다.

2010.12.08.
아빠가

# 아이오나 방파제

아들아,
오늘 아이오나 방파제 8km를 잘 걸었다.
기온도 높고, 바람도 불지 않아서
걷기에는 최적의 날씨였던 것 같다.
짧지 않은 거리인데,
네가 잘 견디며 걷는 모습에 마음이 든든했다.

힘이 들 때 힘들다고 주저앉거나 머뭇거리게 되면
더욱 힘들게 된단다.
있는 힘을 모아 마무리를 잘하는 것이 최선이다.
많은 사람은 '힘들 거야'라며 미리 겁을 먹거나
힘들다고 도중에 주저앉는다.
그러나 용기 있는 사람은
주저앉지 않고 최선을 다해 마무리한다.
힘내라, 아들!

2010. 12. 10.
아빠가

# 습관

사랑하는 아들아,
오늘 아침에는 조금 일찍 움직여서
편한 마음으로 등교했지?

그런데 집에 와서 보니
네가 필통을 안 가지고 갔더라.
매사에 꼼꼼하게 챙기지 않으면
중요한 일에서 실수할 수 있고,
때에 따라 큰 낭패를 당할 수도 있단다.
덜렁대지 말고
좀 침착하게 생각하는 습관을 갖도록 노력해라.
좋은 습관을 지니면,
좋은 인생을 살 수 있단다.

나름대로 고쳐야 할 나쁜 습관과
익혀야 할 좋은 습관의 목록을 만들어서
수시로 점검해 보면 좋을 것 같다.

2010. 12. 13.
아빠가

# 투덜대는 것

아들아,
오늘 아침에 네가 사소한 일로 투덜투덜한 것은
잘못한 일이다.
그러면 다른 사람까지도 기분 나쁘게 만든단다.
문제가 있으면,
좋은 말로 다른 사람을 설득해야 하지,
투덜투덜하는 것은 좋지 않단다.

오늘 사이프레스 산 설경은 참 좋았지?
날씨가 좋아서
시간이 넉넉하고 체력도 좋았다면
더 오래 걷고 싶었다만,
네 체력을 고려해서 잠깐만 걸었다.
앞으로 더 체력을 기르고
자연을 가까이하는 삶을 살기를 바란다.

2010.12.19.
아빠가

# 좋은 책 읽기

사랑하는 아들아,
이제 이틀만 자면 기다리던 미동부 여행을 떠나는구나.
이번 여행 중 날씨가 좋기를 바라는 마음이다.

오늘 네가 엄마 세탁일을 돕고,
엄마랑 같이 운동한 것은 참 잘한 일이다.
도서관에서 책도 참 잘 골랐더구나.
저급한 코미디 프로나 컴퓨터 게임은
몸과 마음의 건강에 나쁘단다.
그럴 시간에 좋은 책을 읽어
마음의 양식으로 삼아야 한다.

2010.12.21.
아빠가

# 운동

아들아,
오늘 이곳에 온 후, 처음으로 탁구를 해봤구나.
네트와 테이블 상태 그리고 조명이 별로 좋지 않았지만
그래도 가져온 라켓과 산 공이
비로소 쓰이게 되었구나.
오랜만에 쳤는데도 잘했다.
다음에 기회 있으면(우리나라에 가서라도)
백핸드와 컷트, 서브 등 여러 가지 기술을
배워보자.

재미 위주의 구기 종목도 좋지만
줄넘기 같은 체력 단련 종목도 꾸준히 해야,
체격도 좋아지고
심폐기능과 지구력도 좋아진다.
달리기, 수영, 웨이트 트레이닝도
번갈아가면서 해 주는 것이 좋다.

2010.12.22.
아빠가

# 메리 크리스마스!

아들아,
오늘은 성탄절이다.
어떤 사람의 생일은
수많은 사람이 기념하기도 하고,
어떤 사람의 생일은
가족이나 몇 사람만이 기념하기도 한다.
어디에서 그 차이가 오겠니?

오늘 여행은 어제에 비하면 참 쉬웠지?
자유의 여신상, 유엔 본부, 엠파이어스테이트 빌딩.
다 간접적으로는 알고 있던 것들인데도
직접 보니까 정말 새로운 느낌이지?
세상은 넓단다.
꿈을 넓게 가져라.
온 세상과 온 우주가 다 너의 미래의 무대다.
Merry Christmas!

2010.12.25.
아빠가

# 미국여행

아들아,
오늘은 미국의 수도에 와서
의사당, 백악관, 제퍼슨 기념관과
링컨 기념관 등을 보았구나.
자유와 평등을 이념으로 출발한 미국의
산 역사를 느낄 수 있는 날이었다.
미국은 뭐라고 해도
민주주의를 신봉하면서
자유와 인권의 신장에 있어서
인류의 선봉에 섰다는 점을 부인할 수 없을 것 같다.
그들의 역사는 저절로 이루어진 것이 아니라
위대한 사람들의 열정과 희생으로
이루어진 것이고,
그것이 인류의 역사에 꺼지지 않는
빛을 비추고 있음을 느낄 수 있다.

남에게 빛을 비출 수 있는 위대한 사람이
되면 좋겠고,
그렇지 못하더라도
남이 비친 빛을 보고 따라가야 할 것이며,
적어도 그 빛을 가리는 사람은 되지 말아야겠지.
내일은 강행군이다. 푹 자라.

2010.12.26.
아빠가

# 새해를 맞아

아들아,
뉴욕에서 밴쿠버로 돌아오는 비행기에서
2011년 새해를 맞았구나.
새해에는 건강을 위해 조금 더 노력하고
우리나라에 돌아가 잘 적응하기를 바란다.
이번 미국 캐나다 동부 여행 마지막 일정에서,
네가 몸이 좋지 않아 걱정을 많이 했는데
잘 극복해서 다행이다.
건강이 무엇보다 중요하다는 것을
실감했을 것이니,
운동을 꾸준히 하고
식생활도 건강에 좋도록 해야 한다.

그리고 하버드, 예일, MIT 교정을 떠올리며
네 미래의 꿈을 크게 가지고
그 꿈을 실현하기 위해
최선을 노력을 쌓아가기를 바란다.
새해 첫날인 오늘
이곳 밴쿠버의 날씨는 쾌청하구나.

여행 짐이 정리되는 대로
밖에 나가 산책을 좀 하면서
한 해를 구상해 보기로 하자.

2011.01.01.
아빠가

# 눈에 보이지 않는 것

아들아,
짧은 겨울방학 후에 다시 시작한 학교생활에
적응을 잘했는지 모르겠구나.
머리를 너무 짧게 깎았다고
불만이 있을지 모르겠다만,
머리 모양은 그다지 중요하지 않다.
네 나이 때는 그것이 매우 중요해 보이겠지만.

그럼 무엇이 중요하냐고 되묻겠지?
사랑, 정직, 신의와 같이
눈에 보이지 않는 것들이 더욱 중요하다.
이곳에서 보낼 시간이 얼마 남지 않았구나.
남은 시간 동안
다치지 않도록 조심하고
좋은 영어를 익히도록 최선을 다했으면 좋겠다.

2011.01.04.
아빠가

# 행복한 가족 산책

아들아,
오늘은 날씨가 좋아
우리 가족이 함께 스탠리 파크 둘레길을 걸었구나.
10km 정도 걸으면서
아름다운 경치를 보고
많은 사람이 산책, 달리기, 자전거 등을
즐기는 것을 보니
아빠 마음이 상쾌해졌다.
지난번 아이오나 방파제에서도 잘 걷더니
오늘도 참 잘 걸었다.

사람은 사람을 스트레스 받게 하는 일이 많지만
자연은 사람의 스트레스를 풀어주는 것 같다.
이런 기회를 자주 가졌으면 좋겠다.

2011.01.09.
아빠가

# 영어공부

아들아,
아빠가 어제 네가 쓴 영어글을 읽어 보았는데,
너의 생각을 영어로 표현한 것을 보니
참 대견하다.
이곳에 와서 매일 영어로 일기를 쓰더니
이제는 비교적 수월하게 잘 쓰는구나.

언어를 배우는 것은
결국, 사람들과 의사소통을 하기 위한 것이니
글쓰기와 말하기가 궁극적으로는
같은 목표를 가진 것이라고 할 수 있다
문법은 규칙이니까 꼭 지켜야 하고,
남들이 자주 쓰는 좋은 문장을
익혀서 쓰면 좋을 것이다.
또 같은 단어를 반복해서 쓰지 않는 것도 중요하다.

의미는 통하더라도 원어민들이 쓰지 않기 때문에
그런 문장을 쓰게 되면 굉장히 어색하고 유치하게 되지.
아빠도 영어가 서툴지만,
이번 기회에 문법과 영어 문장에 대해
함께 더 공부하기로 하자.

2011.01.10.
아빠가

# 작은 일

사랑하는 아들아,
벌써 목요일이 되었구나.
힘들어하면서도 학교생활 잘하는
네가 대견스럽다.
오늘 네가 자발적으로 이불을 정리하고 씻으러 간 것은
잘한 일이고, 당연히 그래야 한다.

이제 너도 중학생이니
인생에서 중요한 일은
결코 남이 대신해 줄 수 없다는 것을 알 것이다.
작은 일을 소홀히 하면
큰일을 할 수 없다.

노자의 도덕경에서도
천하난사 필작어이天下難事 必作於易라고 했다.
세상의 어려운 일도
'반드시' 쉬운 데서 비롯된다는 말이다.
반대로 생각하면, 쉬운 일을 소홀히 하다가는
'반드시' 어려움을 겪게 된다는 것이다.

2011.01.13.
아빠가

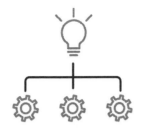

# 컴퓨터 바이러스

아들아,
네가 감기 기운이 있는 모양이구나.
요즘 식욕이 없어 하는 것을 보고
힘들구나 생각했는데….
주말에는 푹 쉬어서 몸을 회복하도록 해라.
네 몸에 있는 바이러스가 물러가게 해야지.

아빠는 컴퓨터 바이러스 문제를 해결하느라
100달러나 들었단다.
아빠가 '취소' 버튼을 눌러도
'확인'으로 인식하도록 프로그램된
나쁜 바이러스 프로그램이
침입한 것 같다고 하더구나.

어떤 사람들이 악성프로그램 같은 것으로
남을 괴롭히면서 사는지 모를 일이다.
소중한 삶을 잘 살아야겠다.

2011.01.14.
아빠가

사랑하는
아들에게

# 다이필다난多易必多難

아들아, 힘들지?
하지만 힘든 것도 감사할 줄 알아야 한다.
무슨 말이냐고?
네가 할 수 있고, 할 여건이 되니까
지금의 힘든 생활도 있는 것이란다.
이런 생활이 힘들지만 하고 싶어도
능력이나 여건이 안돼서
못하는 사람이 얼마나 많은지 모른다.

노자의 도덕경에도
'다이필다난多易必多難'이라 했다.
쉬운 것이 많으면 '반드시' 어려운 것도 많다는 뜻이지.
그러므로 뜻이 있는 사람은
편한 것을 좋아하기보다
앞날을 위해 어려운 것을 기꺼이 참고 해낸다.
힘내라, 아들.

2011.01.20.
아빠가

# 미리미리 준비하기


아들아,
엊저녁에 늦게까지 숙제하고
잠이 부족해서 힘들어하는 너를 깨우는 것은
많이 미안하고 힘든 일이었다.

아침에 힘들게 일어나지 않으려면
방법은 한 가지밖에 없다.
미리미리 예상하여 시간 계획을 세워 일하는 것이다.
그렇게 일하면 엊저녁과 같은 일이 비교적 적겠지?

물론 완벽하게 준비해서 사는 것은 어렵지만,
가능한 한 내다보고 준비하면서 살면
낭패를 하는 일이 줄어든다.

주말이다.
엄마가 아파서 걱정이다.
모두 푹 쉬고 빨리 회복해야지.

2011.01.21.
아빠가

사랑하는
아들에게

# 룬 레이크 캠프

아들아,
이제 내일이면 룬 레이크 캠프를 떠나는구나.
구글 지도를 찾아보니까
캠룹스보다 북쪽에 자리한
긴 호수이더구나.
기온이 무척 낮을 것인데
네 슬리핑백이 얇아 걱정이다.
잘 대처하고, 정 안 되겠으면
선생님에게 도움을 요청해라.
도움을 요청하지 않고
감기에 들거나 몸을 상하게 하는 것은
어리석은 일이다.
곤경에 처했을 때는
도움을 요청해서라도 거기에서 벗어나야 한다.
무엇보다 조심하여 몸을 다치지 않도록 해라.
옛사람들도 '신체발부 수지부모 불감훼상 효지시야
身體髮膚 受之父母 不敢毀傷 孝之始也'라고 했다.
몸과 털, 피부는 부모님에게서 받은 것이니,
감히 다치지 않게 하는 것이 효의 시작이라는 뜻이다.

2011.01.25.
아빠가

33

# 무소식이 희소식?

아들아,
어제저녁에는 잘 잤는지,
아침에는 잘 일어나고
단체생활을 잘하고 있는지
걱정했다.
무소식이 희소식(No news is good news.)이라 하지만
네가 잘 있다는 전화라도 해주었으면 하고
바라는 것이 부모 마음이란다.

오늘도 무사히 일정을 마치고
잘 자고 내일은
건강한 모습으로 만날 수 있기를 바란다.

2011.01.27.
아빠가

# 호리유차 천지현격

아들아,
이제 2월 첫날이구나.
기온이 좀 낮아졌지?
아침에 아빠보다 일찍 준비했다고
아빠에게 자랑스럽게 말하는 너를 보니까 좋았다.
조금 게으름을 부리면
남의 잔소리를 듣고 살게 되고,
조금 일찍 움직이면
남의 칭찬과 부러움을 받으며 살게 된다.
이것은 마음먹기에 달려있다.
처음에는 차이가 커 보이지 않지만,
결과는 엄청나게 다르다.

옛 현인도 '호리유차 천지현격
毫釐有差 天地懸隔'이라 했다.
머리털만큼 차이가 나도
그것은 하늘과 땅만큼 떨어지게 된다는 것이지.
처음에는 작은 차이라도
점점 큰 차이가 되는 것이다.
1도 차이가 나는 두 직선이 먼 곳에 가면
얼마나 사이가 멀어지는지 쉽게 알 수 있지 않니?

2011.02.01.
아빠가

35

# 좋은 인품과 좋은 말

사랑하는 아들아,
어제는 말투 때문에 아빠한테 혼났지?
존댓말을 써야 하는 상황에서는
존댓말을 확실히 쓰도록 해라.
어정쩡한 말은
상대방을 기분 나쁘게 할 뿐만 아니라,
무엇보다 너의 얕은 인격을
드러나게 한단다.

사회생활을 하다 보면
기분 나쁜 말투 때문에 다툼이 많이 생긴단다.
공손한 말을 쓰면
남도 기분 좋고
자신의 인품도 높아지는 법인데
어리석은 사람들이
반말 비슷하게 말하는 버릇 때문에
남과 다투게 되고
자기의 덜 된 인격을 드러낸다.
아빠는 자식뻘인 제자들에게도

완전한 경어(존댓말)를 사용한다.
강의실에서뿐만 아니라
개인적으로 대화할 때도 그렇다.
그것은 제자들을 존중하기 때문이기도 하지만
내가 반말을 사용하면
남에 대해 거들먹거리는 태도를 갖게 돼
내 인품이 가벼워지기 때문이다.
말에 돈이 드는 것이 아니라는 말도 있고,
말 한마디에 천 냥 빚을 갚는다는 말도 있다.
집안에서 존댓말 쓰는 훈련이 안 돼 있으면
나가서 좋은 말을 할 수 없단다.

지금부터 좋은 말, 품격 있는 말을 쓰겠다고
마음을 단단히 먹기를 바란다.
좋은 인품에서 좋은 말이 나온다.

2011.02.03.
아빠가

# 유심히 살피기

아들아,
아빠가 다니는 이곳 연구소 휴게실에서는
서쪽으로 바다가 보이는데,
그 건너에 밴쿠버 아일랜드가 있다.
그전에는 무심코 바라다보았다면
오늘은 네가 건너가 있을 것이기 때문에
유심히 바라보았다.

세상만사가 다 그렇다.
무심히 지나치면 아무런 의미가 없을 것도
유심히 살펴보면 매우 중요한 것일 수 있단다.
길가의 들풀 한 포기에서
우주의 섭리를 발견할 수도 있다.
잠깐 왔다 가는 이 세상에서
내 인생의 의미가 무엇인가를
잘 생각하면서 살아갔으면 한다.
잘 구경하고
무사히 돌아오기를 바란다.

2011.02.04.
아빠가

# 다양한 음악회 경험

아들아,
낮에 감상한 재즈 앙상블은
재미있었니?
기타나 드럼 또는 관악기 독주 부분은 좋았는데,
나머지 부분은 흥겹기는 하지만
너무나 시끄러웠다.

이곳에 있으면서 가장 좋았던 점 중 하나는
다양한 음악 연주를 감상할 기회가
거의 매주 그것도 아주 가까운 곳에서
무료로 주어졌다는 것이었다.
아직도 클래식 기타 연주회에서 들었던
'빗소리'를 재현한 곡을 들었을 때의
감동이 생생하다.
감사한 일이다.
벌써부터 내일의 마지막 공연이 기대된다.
밴쿠버를 떠나는 우리를
환송해주는 음악회라고 생각하자.

2011.02.11.
아빠가

# 밴쿠버에서의 마지막 날

아들아,
드디어 밴쿠버를 떠나
우리나라로 돌아가는 날이구나.
너는 그동안 이곳에 살 적응하여
여기에서 더 살고 싶어 한다는 것을 알지만
아빠 사정 때문에
네 소망을 들어주지 못해 미안하다.
그러나 꿈을 잃지 말고
계속 열심히 공부하면서 준비하면
네 꿈이 이루어질 것을 믿는다.

세계 수준의 학문에 도전하고
인류에게 행복을 가져다줄 수 있는
커다란 꿈을 키워가기를 바란다.
우리 모두 무사히 도착하여
새 학기를 잘 준비하자.
그동안 밴쿠버 생활에
어려움이 많았겠지만
잘 적응하고 이겨내 준
너와 엄마에게 감사의 마음을 보낸다.

2011.02.17.
아빠가

# 적응

아들아,
드디어 귀국했구나.
지난 6개월은 우리 가족에게
정말 소중한 시간이었다.
때로는 힘든 순간도 있었지만
함께 여행도 가면서
가족애를 쌓았으며,
이를 통해 우리 가족이 더욱
사랑하고 발전할 수 있었을 것이다.

이제 우리나라에서의 생활에 빨리 적응해야 한다.
무엇보다 시간을 아껴 써라.
누구에게나 주어진 24시간이지만
그것을 어떻게 쓰는가에 따라
사람들의 인생은 천차만별이 된다.
다음 주부터는 새 학기 준비를
열심히 하자.

2011.02.19.
아빠가

# 노트북 유감

아들아,
오늘 노트북 게임 때문에
너를 꾸짖고 나니 마음이 좋지 않다.

엄마 때문에 할 수 없이
노트북을 사주기는 했지만
주로 오락도구로 사용한다면
그 노트북이 네 인생을
망치는 첫 단추가 될 수 있음을 명심해라.

노트북이든 휴대전화든
기계는 사람에게 편리함을 주지만
동시에 해를 끼칠 수도 있음을 알아야 한다.
아무 생각 없이
게임이나 뮤직비디오나 스포츠 등에
너무 많은 시간을 보내지 말고
생각하면서 살아가도록 해라.

2011.02.20.
아빠가

# 주인과 노예

사랑하는 아들아,
어제 영어학원에 등록할 때
네가 적극적인 자세로 등록하려고 하니까
그곳 선생님이,
보통은 부모가 많이 시키려고 하고
아이들은 조금만 하려고 하는데
아드님은 정반대라고 하는 이야기를 들었지?
똑같은 일도 남이 시켜서
수동적으로 하면 좋으나 노예처럼 되고
자기가 스스로 알아서 하면
주인이 되는 것이다.

임제 스님이란 분은
'수처작주隨處作主'라는 말을 했다.
가는 곳마다 주인이 되라는 뜻이지.
끌려다니지 말고 주체적으로 살라는 말이다.
우리 아들도 이제는
자신이 미래를 계획하고 설계해서
스스로 실천해가는 '주인'이 되기를 바란다.

2011.02.23.<br>아빠가

# 첫날

아들아,
오늘 새 학기 첫날이었는데 어땠니?
첫날, 첫인상이 특히 중요하단다.
선생님과 친구들은 마음에 들었니?

잘 적응하리라 믿는다만,
학교에서 어려운 일이 있으면
엄마나 아빠에게 언제든지 말해야 한다.
너는 학교일에 관해 이야기를 잘 안 해서
좋지 않은 일이 커질까 봐 걱정이다.
어떤 일이라도 엄마나 아빠는 네 편에서
해결해 주고 도와줄 테니까
무슨 일이든 이야기해야 한다.

아빠도 오늘 이번 학기 첫 수업을 했다.
학생 수가 많아서 힘들 것 같다.
그래도 최선을 다해야지.

2011.03.02.
아빠가

# 무리하지 말고

아들아,
오늘 아침에도 잘 일어났다.
어제 엄마한테
네가 수학경시대회 시험을 볼 계획이라는
말을 들었다.
시간도 얼마 남지 않았고
그동안 준비도 하지 않았는데,
너무 무리한 계획이 아닌지 모르겠다.
아빠는 네가 하고 싶은 일이
나쁜 일이거나 무모한 일이 아니라면
방해하지 않고 도와주고 싶다.

다만 너무 무리해서
학습의 균형을 잃거나 건강을 상할까 봐
걱정될 뿐이다.
엄마하고 상의해서 잘 결정하기를 바란다.
네가 마음먹으면 잘한다는 것을 안다.

2011.03.09.
아빠가

# 훈련

오늘 피아노 손가락 훈련 때문에
속이 상한 모양인데
더 나은 연주와 발전을 위해서 하는 훈련이니까
묵묵히 열심히 하기를 바란다.
모든 훈련은 힘들단다.
그러나 그 어려운 과정을 이겨내고
잘 연주해서 남에게 좋은 음악을 들려주고
또 상도 받게 되면 즐겁지 않겠니?

2011.03.14.
아빠가

# 사춘기

사랑하는 아들에게,
만물이 소생하는 봄이 왔는데,
우리를 맞는 것은 황사로 뒤덮인 하늘과
메마른 바람이구나.
어쨌거나 자연의 이치에 따라
아름다운 꽃이 만발하겠지.

너는 지금 사춘기(**반항기**)에 있음을
스스로 알아야 한다.
그 시기에는 누구나
정신적 육체적 성장통을 겪으면서 성장을 한다.
다만 그때 너무 흔들리거나
**유혹(특히 놀이와 이성)**에 굴복하여 허송세월하면
나중에 후회해도 소용이 없다.
새로운 문제에 부딪히면
충동적으로 행동할 것이 아니라
우선 잘 생각해 보아야 한다.
엄마나 아빠,
무엇보다 훌륭한 삶을 살았던 위인들은
이 시기를 어떻게 보냈을까 하고.

2011.03.21.
아빠가

# 원전사고

아들아,
이제 우리나라에서도 방사성 물질이 검출된다고 한다.
비록 미세한 양이라고는 하지만
원전사고로 인한 것이고
앞으로 더 큰 사고가 날 수도 있으니
세계에 안전한 곳이 없겠구나.
특히 세포분열이 왕성한 어린이들에게
더 큰 피해가 간다고 하니
걱정이 아닐 수 없다.

더 많은 에너지를 생산해서 소비해야만 유지되는
인류의 현재 시스템은
그 안에 핵폭탄을 가지고 있는 것 같다.
절제와 근검을 지향했던
동양 선현들의 가르침이
얼마나 위대했는지 더욱 절감할 수 있다.

2011.03.29.
아빠가

# 더불어 사는 지혜

사랑하는 아들아,
수학여행에서 무사히 돌아와서
무척 기쁘다.
단체생활을 하면 힘이 들지만
여럿이 함께 생활하면서
양보하고 이해하는 것을 배워야 한다.
그래야 더불어 사는 지혜를 얻게 된단다.
우리나라 학생들의 지식수준은 높지만
공동체 의식 수준은 매우 낮다고 한다.

일본 사람들은
다른 나라를 침략해 괴롭히고도
반성하지 않고,
원전사고로 우리가 도움을 베풀고 있는 지금도
독도영유권 주장을 하는 것을 보면
이웃과의 공감능력이 부족한 것 같다.
남을 통해서 자신을 가다듬어야 한다.
타산지석他山之石이라고 하지.

2011.04.01.
아빠가

# 이성 교제

아들아,
오늘은 '이성 교제'에 관해 말하려고 한다.
이제 너도 이성 교제에 대해
생각해보아야 할 시점이 된 것 같다.

이성 간의 결합은
서로 사랑해서 가정을 이루기 위한 것이다.
요즘 사회가
남녀 관계에 개방적이라서
많은 사회적 문제가 발생하고 있다.
이미 결혼한 사람도 불륜 때문에
가정이 파탄되는 비율이 높다고 한다.

TV, 인터넷 등을 통해
무분별하고 무책임한 내용이 퍼지고 있어서
너 같은 청소년기에는 정말 위험하기 그지없구나.

먼저, 이성 친구라도 동성 친구와 똑같은 태도로
대하는 것이 좋다.
특정한 이성 친구와만 사귀게 되면
여러 친구와 폭넓게 사귀면서 얻게 되는
다양한 경험을 얻지 못하게 된다.

다음으로 좋은 친구들은 가려서
사귀는 것이 좋다.
성현들도 친구의 중요성을 역설하셨다.
가볍게 사귄 친구들과 놀면 시간 가는 줄도 모르고
즐겁고 유쾌하겠지만,
반드시 그 시간의 제곱으로 고통이 따른다.
이것은 변할 수 없는 이치다.

2011.04.03.
너의 행복을 바라는 아빠가

# 목련, 개나리

아들아,

오늘 낮에는 포근해서 봄이 온 것을 느낄 수 있었지?

대학 교정에도 개나리, 목련이 앞 다투어 피어나고 있다.

이런 계절에는

여행도 좀 해야 하는데….

도대체 무엇 때문에 이렇게

가파르게 살고 있는지 모르겠다.


지진이나 해일 같은 자연재해도

우리를 힘들게 하고,

지나친 경쟁 속에서

목숨을 버리는 젊은이들이

우리를 슬프게 한다.

온갖 생명이 기지개를 켜는 이 시기에

목련처럼 밝은 마음과

개나리처럼 환한 미소를 품어보자.

2011.04.12.

아빠가

# 미안하다

사랑하는 아들아,
어젯밤에 네가 학교에서 있었던 일에 관해
말을 했을 때
너그럽게 이해하고 포용하지 못 해
화를 냈던 것을 사과한다.
너도 알다시피
아빠도 너 못지않게
불의를 싫어하고 원칙을 중시한다.

그렇지만 아빠로서는
너의 안전보다 더 중요한 것은 없다.
네 나이에는 사회의 불합리한 것을 보면
당장 바로 잡아야 겠다고 생각하면
잘 되지도 않을 뿐만 아니라,
자신이 너무 큰 상처를 입기 쉽다.
더 중요한 것은
너는 배우는 나이니까
그런 현상을 통해서 원인을 생각해 보고
해결방법도 생각해 보면서 '배우는' 것이다.

그 배움을 자라서 많은 사람을 위해
베풀 수 있다면
너 한사람이 아니라
많은 사람이 혜택을 받을 수 있겠지.

네가 원칙을 중시하는 마음을 가진 것을
존중한다.
그러나 자신의 원칙을
남에게 휘두르는 칼처럼 사용하면 안 된다.
그렇게 하면 그것으로 문제가 끝나는 것이 아니라,
다시 복수와 증오가 이어져
싸움이 끝나지 않는다.
가장 큰 복수는
스스로 불합리한 일을 하지 않는 것이다.
그렇게 함으로써
진정으로 이 사회를 바꿀 수 있다.

아빠는 어제의 경험을 통해
아들의 의견을 존중하면서
부드럽게 설득하는 것이 좋다는 교훈을 얻었단다.

사랑한다, 아들아.

2011.04.13.
아빠가

# 습관들이기

아들아,
오늘은 어떻게 보냈니?
아침에 배가 아픈 채로 학교에 가서
잘 넘겼는지 모르겠구나.
아빠가 출근하면서 빌라 후문에 서서
네가 신호등을 건너가는 것을 보았는데,
횡단보도에 녹색 신호가 나오기 전에
자전거로 횡단하더구나.
그러면 안 된다고 말했는데….
그러니까 시간적 여유를 가지고
출발하라고 하는 것이다.

아들아,
작은 습관도 몸에 배면
고치기가 무척 힘들다.
좋은 습관을 지니도록 해라.
습관이 인생을 만든단다.

2011.04.19.<br>
아빠가

# 소박한 행복

아들아,
오늘은 모처럼 비가 많이 오는구나.
봄을 맞은 많은 생명에게는
반가운 비인데,
아빠는 방사능 오염 때문에 걱정이 되는구나.
사람들의 탐욕이 위험을 무릅쓰고라도
에너지를 생산하게 하고
그 결과는 다시 재앙으로 다가온다.
안타깝게도 재앙은
선인과 악인을 가리지 않고
어린 생명도 무참하게 앗아가 버린다.

소박하고 욕심 없는 삶이라야만
진정으로 행복을 가져다줄 수 있다는 것을
많은 성현들이 이미 말했건만
사람들은 현실의 욕심을 떨치지 못하고
계속 악순환을 하고 있다.
아들아,
우리 가족은 소박한 데서 행복을 찾는
지혜를 잃지 말자.

사랑하는
아들에게

2011.04.22.
아빠가

# 자기를 이기기

아들아,
오늘은 어린이날이구나.
너는 더 이상 어린이가 아니고
청소년이 되었다.
우리나라 청소년들의 행복지수가 매우 낮고
안경을 쓴 비율도 매우 높고
정신건강도 문제가 많다고 하더구나.
무엇을 위한 것인지 생각도 하지 않고
무턱대고 하는
묻지 마 경쟁이 그 원인이 아닌가 싶다.

진정한 경쟁은 남과 하는 것이 아니라
자기 자신하고 하는 것이다.
남을 앞지르는 것보다
나태와 방탕해지려는 자신의 유혹을
스스로 이겨내는 것이 위대한 것이다.

2011.05.05.
아빠가

# 멀리 내다보고

아들아,
중간고사 결과 때문에
네가 기분이 별로 좋지 않다는 말을
엄마한테 들었다.
이미 벌어진 일은 그럴만한 원인이 있었기 때문에
필연적으로 발생한 것이다.
앞으로 그런 일이 생기지 않도록 하려면
어떻게 해야 하는지를 아는 것이
보다 중요한 일이다.
코앞의 현상에 너무 집착하지 말고
멀리 내다보는 것이 좋다.

고입이나 대입으로 모든 문제가 끝나지 않는단다.
인생을 행복하고 보람차게 보내려면
그 이상의 안목과 지혜를 갖추어야 한다.
아빠는 네가 전체적으로 잘하고 있다고 본다.
다만 시간 관리와 체력관리에
더 신경을 써 주었으면 좋겠다.

2011.05.13.
아빠가

# 불합리한 일

아들아,
오늘은 온종일 비가 오는구나.
며칠 동안 시달리며 준비했던
영어 쓰기 시험은 잘 봤니?
단순한 암기도
때에 따라서는 필요하지만
창의성 없이 그대로 외우는 것은
그다지 좋은 교육 방법은 아닌 것 같다.
그런데 그것이 우리의 수준인데 어떻게 하겠니.
좋은 생각을 하는 사람들이
교육정책을 비롯한 나라의 관리를
맡아야 하는데, 현실은 그렇지 못하단다.
그럴수록 실력을 길러서
네가 그런 문제를 해결해서
많은 사람들을 불합리한 속박에서
벗어나게 하도록 노력해야 한다.
불평만으로는 해결되는 것은 없다.
대학에 문제가 많다고 해서
대학에 가지 않으면

대학 문제를 해결할 수 없다.

문제가 많은 그곳에 가서

문제를 해결해야지.

2011.05.20.
아빠가

# 말의 실수

아들아,
네가 학교에서 친구와 언쟁을 한 일에 관해
엄마에게서 들었다.

다른 사람과 대화를 할 때
경우에 어긋난 말을 하게 되면
그 전후 사정과는 관계없이 그것 때문에 책 잡히고
사과해야 할 일이 생긴다.
그러므로 화가 나더라도
냉정함을 유지하면서 이야기해야 한다.

무엇보다 인격은 말을 통해 드러난다.
하지만 말을 잘 다스리는 것이 쉬운 것은 아니다.
신약성서에도 '우리가 다 실수가 잦으니
만일 말에 실수가 없는 자면 곧 온전한 사람'이라고 했다.
인간은 불완전하지만
온전하기 위해 노력하는 존재이다.
이번 일을 계기로
자기주장을 차분하게 펼치는 방법을
잘 생각해 보고
말 실수를 줄이기를 바란다.

2011.05.30.
아빠가

# 즐겁게

아들아,
오늘 아침에도 무척 힘들게 일어나더구나.
저녁에는 엄마랑 늦게까지
공부하느라 고생하고….
아빠도 어렸을 때
공부만 했던 것 같구나.
고등학교, 대학교, 유학 시절,
교수 시절까지
공부는 끝이 없다.
이처럼 오래 공부를 하려면
새로 알고 배우는 데
호기심을 갖고 즐거움을 느낄 수 있어야 한다.
고통을 참으면서 억지로 하는 공부는
오래 할 수 없다.

공자님은

'어떤 것을 아는 사람은

그것을 좋아하는 사람만 못하고,

어떤 것을 좋아하는 사람은

그것을 즐기는 사람만 못하다.

知之者 不如好之者, 好之者 不如樂之者'고 했다.

자신이 하는 일을 즐길 수 있는 사람이 행복하다.

힘내라, 아들아.

2011.06.02.
아빠가

# 장래의 직업 선택

사랑하는 아들아,
오늘은 우리 대학 수학과 교수님과 면담하는 날이구나.
이번 기회가 장래문제를
한층 깊이 생각하는 계기가 되기를 바란다.
기본적으로 너의 장래 직업은
네가 결정해야 한다.
엄마, 아빠는 도움을 줄 뿐이다.
너의 특기, 장점, 단점,
환경 등을 잘 고려해야 하고
무엇보다 자신이 끌리는 일,
아무리 해도 지겹지 않고 신나는 일을
선택하는 것이 좋다.
싫은 일을 평생 하면서 사는 것은 불행한 일이란다.

2011.06.03.
아빠가

# 시간을 내라

아들아,
너는 모처럼 일요일에서 화요일까지 황금연휴를 맞았는데
이럴 때 가족 여행이라도 가야 하는 것 아니니?
할 일이 많다고 일에 묶여 있으면서
저절로 한가할 시간이 있기를 기다리면,
기회가 오지 않는다.
돈을 쓰고 나서 남은 돈이 있으면
저축하겠다는 자세로는
절대 저축을 할 수 없는 것과 같다.
시간을 효과적으로 사용하고
휴식을 위해 시간을 내서
자연과 가까이하고
자신을 돌아볼 기회도 가져야 한다.

열심히 일을 마치고
홀홀 털고 여행을 떠나는 즐거움도
누릴 수 있어야 한다.
어차피 우리의 인생도
한 번밖에 없는 여행이다.

2011.06.05.
아빠가

# 교육 문제

사랑하는 아들아,
네가 캐나다에서 지낸 경험에 비추어
우리나라 학교 교육에 대해
비판적인 생각을 하는 것을 존중한다.
그런데 그 많은 문제점의 뿌리는
오로지 남들에게 있는 것이 아니라
나에게도 있다는 것을 알아야 한다.

우리는 경쟁사회에 살고 있으면서
남보다 더 나은 지위와 삶을 원한다.
그러려면 이른바 '좋은 학교'에 다녀야 한다.
하지만 '좋은 학교'에 갈 수 있는 사람은 제한되어 있다.
그 제한된 사람을 선발하는 데는
기준이 있어야 한다.
그 기준이 교사나 입학사정관의
주관적 판단이라면
아무리 그 사람이 전문가이고
양심적으로 일한다고 하더라도
우리나라 사람들은 믿지 않을 것이다.
오로지 객관적으로 나타난 '시험성적'만이

그 기준으로 인정받고 있다.
그 '시험'도 주관적 평가 여지가 많은 것이면
역시 의심을 받을 수 있어서,
'객관적인 것'만이 평가의 대상이 된다.
전체적으로 누가 더 창의적이고
이해력이 높은지가 평가의 척도가 아니라
시험에서 몇 개 맞았는가 만이
중요한 것이 된다.

그냥 외워서 맞는 답을 골라내도록 하는
우리나라의 교육방식은 거기에서 나온 것이다.
그 문제를 해결하려면
한두 사람이 불평한다고 되는 일이 아니고,
국민의 의식이 바뀌고
사회제도의 개혁이 수반되어야 한다.
'좋은 대학'을 나왔는가가 사람의 인생을
결정적으로 좌우하는 현재의 '시스템'하에서는
위와 같은 문제가 극복되지는 않을 것 같구나.
각자 노력하고
우리 사회 구성원들이 변해야 할 것이다.
네가 가진 문제의식을 공유하는 사람들이
적지 않으므로, 언젠가는 바뀔 것이다.
그 사이에 사람들이 겪을 고통이 안타깝지만,
역사상 아무런 문제도 없는 환경에서
살았던 사람은 한 사람도 없을 것이다.

2011.06.10.
아빠가

# 훈련과 실전

오늘은 정말 여름다운 날씨구나.
아빠가 강화도에서 라이딩을 하는데
햇볕에 탈까 봐 긴 팔, 긴 바지를 입은 탓도 있지만,
오후가 되니까 무척 덥더구나.
이번에 철인 코스 도전하려고 하는데
훈련량이 부족해서 걱정된다.
남은 기간 훈련을 열심히 해야지.
훈련을 열심히 하지 않으면
실전에서 반드시 고생하고,
실패하기 쉽고
후회해도 소용이 없다.

너도 너의 미래를 위해 중요한 고비가 되는
입시를 위해 훈련하고 있는 단계다.
훈련에서 흘린 땀과 눈물은
실전에서 피를 흘리지 않게 해 준다.
시간이 있을 때 최선을 다해서 노력해라.
오로지 시험 준비만 하라는 말은 아니다.
독서도 여행도 운동도 하면서
인생의 방향을 항상 점검해야 한다.
좋은 대학에 가고도
실패한 인생을 사는 사람이 많다.

2011.06.11.
아빠가

# 외국어 능력

사랑하는 아들아,
어제는 네가 영어 토론대회에서
최우수상을 받았다고 해서
너도 우쭐했지만, 아빠도 기분이 좋았다.
무엇보다 영어로
남 앞에서 자기 의견을 전달하는 데
어려움을 느끼지 않은 것은
참 다행스럽다.
언어, 특히 외국어는 배우기도 어렵지만
유지하는 것도 쉽지 않다.
항상 좋은 글을 읽고
외국어로 생각하고
좋은 표현을 흉내 내는 습관을 들여야 한단다.
참고로 아빠는 독일에서 박사 논문을 쓸 때
글을 읽으면서
논증하는 데 필요한 좋은 문장들을 적어서
리스트를 만들어 논문 쓸 때 활용했었다.
품격 있는 영어를 구사하려면
속담이나 관용구 등을 잘 사용해야 한다.
이러한 노력을 계속하면,
너의 영어 실력이 많이 향상될 것이다.

2011.06.14.
아빠가

# 기초를 잘 쌓아라

사랑하는 아들아,
아빠는 오늘도 비가 와서
실외 운동은 못 하고 수영을 했단다.
아빠는 나이 들어서 수영을 시작했고 기초부터 잘 배우지 못해서
속도가 잘 나지 않는다.

무슨 일이든
제대로 하는 것이 중요하다.
처음 배울 때부터
요령을 피우지 말고
기초를 잘 닦아야 한단다.
요령을 부리거나 편법을 쓰면
나중에는 자세교정이 거의 불가능하단다.
공부나 인생을 살아가는 데나
다 마찬가지다.
요령을 피우며 공부를 하면
결국, 실력을 제대로 기르지 못한다.

2011.06.26.
아빠가

# 시험의 연속

사랑하는 아들아,
이제 기말시험이 시작되었구나.
첫날 시험은 어땠니?
시험은 언제나 긴장을 준단다.
아빠가 본 마지막 시험은
독일에서 박사학위 취득을 위한
구술시험이었다.
아 참, 그 후에도
대학교수가 되기 위한 면접시험을 봤구나.

형식적으로는 시험이 아니라도
인생은 실제로 시험의 연속이라고 할 수 있다.
항상 어려운 선택이 기다리고 있고
어떤 선택을 하는가에 따라
그 영향이 뒤따르고….
항상 미리 준비하고
지혜롭게 행동을 하면
인생을 잘 살 수 있을 것이다.

2011.06.28.
아빠가

# 평창 선정 소식

사랑하는 아들아,
어제 2018 동계올림픽 개최지 선정 결과를
보고 자느라고 일어나기 더욱 힘들었지?
1988년 서울올림픽 이후
우리나라의 존재가 세계에 많이 알려지고
이미지도 점점 좋아져
이제는 '한류'가 동서양 여러 나라에서 번지고 있고
어느덧 한국적인 것이 세계적인 것이 되어가고 있다.

그러나 지금과 같이 원칙도 이상도 없는
무분별한 묻지 마 경쟁을 통해서는
참된 행복을 누릴 수는 없다고 생각한다.
경쟁에서 이겨 올림픽을 개최한다고 해서
그 자체만으로 우쭐하기보다는,
우리가 가졌던 '홍익인간'의 사상
올바른 일에 목숨을 걸었던 '선비 정신'
사회적 약자들을 배려하였던 '돌봄 정신'을
나눌 수 있어야 한다고 생각한다.

2011.07.07.
아빠가

# 원리

사랑하는 아들아,
네가 작곡에 흥미가 있고
또 잘한다는 이야기를 들었다.
네 안에 들어 있는 '음악성'을 마음껏 발휘하기를 바란다.
남이 작곡해 놓은 곡을 잘 연주하는 것도
쉽지 않지만,
무수한 음들의 조합 중에서
아름다운 구절들로 음악을 창조하는 것은
정말 대단한 일이다.

전위음악은 화성악의 원칙들을
잘 지키지 않는 것 같은데
**(잘 모르는 문외한으로서의 판단이지만)**
그래도 출발은 화성악의 원리에서 해야 한다.
공식 없이 수학 문제를 푸는 것이 가능하더라도
그것을 '학문'이라고 할 수 없듯이,
음악도 원리를 떠나면 잡음이 될 수 있다.
기존의 원리를 깨뜨리고
새로운 원리를 세우면 새로운 '주의'가 되겠지만 말이다.

2011.07.08.
아빠가

# 긍정적 생각

사랑하는 아들아,
열심히 공부하고 밝게 생활하는 너에게
많은 격려와 칭찬을 보낸다.
환경은 자기 마음에 들지 않는 경우가 많다.
친구들도 선생님들도
다 살아온 배경과 생각이 다르니까
내 마음에 꼭 들 리가 없다.
그런 상황에서 살아가는 것이 바로 인생이다.

남을 탓하고 미워하고 짜증을 내면
바로 자기 인생이 그런 부정적인 것으로 오염되고
자기 인생도 부정적인 것이 되고 만다.
하지만 그런 상황에서도 긍정적으로 생각하고
넓게 생각하면 삶이 점점 부유해지지.

이제 곧 방학이다.
예전에는 '신나는'이라는 수식어가 항상 붙었는데,
요즘은 방학에도 공부 때문에
별로 신나지 않지?
그래도 '신나게' 보내자.

2011.07.14.
아빠가

# 제헌절

사랑하는 아들아,
방학하고 맞은 첫 주말인데도
경시와 토론대회 준비하느라 고생이 많다.
고생한 만큼 보람이 있을 것이다.
엊저녁에 늦게까지
토론 준비와 인쇄물 준비를 해 놓고
잠자리에 드는 것을 보니까
이제 내 아들이 스스로 준비를 할 수 있는
단계가 된 것 같아, 아빠 마음이 든든하다.

오늘은 제헌절(헌법을 제정하였던 날)이다.
헌법은 헐은 법, 즉 낡은 법이 아니라,
우리나라 최고의 법이다.
하지만 우리 사회에서
국민을 주인으로 섬겨야 한다는
헌법의 이상이 잘 실현되고 있지 않은 것 같다.
그리고 인간의 존엄과 가치가
제대로 보장되고 있다고 말하기도 어렵다.
빈부의 격차는 갈수록 심해지고
사회적 강자는 법도 잘 안 지키는 것 같다.

2011.07.17.
아빠가

# 재난의 원인

사랑하는 아들아,
폭우로 피해가 심각한 상황이구나.
산비탈에 안전하지 않게 지어진 건물이나
안전을 고려하지 않고 산비탈을 개발하다가
재난을 당한 경우가 많은 것 같다.
기후변화도 그렇지만
개별적인 재난들도
사람들의 탐욕과 어리석음의 결과다.
절제와 검소의 미덕은 사라지고
소비만능, 개발만능, 향락만능의
사회로 치닫는 것이 가져오는
필연적인 결과라고 생각한다.

개인도 절제 없이 살면
반드시 파멸에 이르게 된다.
어리석은 사람이 파멸하는 것은
자업자득이지만
문제는 위와 같은 재난은
착한 사람과 악한 사람을 구별하지 않는다는 것이다.

2011.07.28.
아빠가

# 탐진치 貪瞋癡

사랑하는 아들아,
어젯밤에 토론 주제에 관해 같이 이야기했지만
사회문제를 이해하기는 쉽지 않다.
그것은 근본적으로 사람을 이해하는 것이
쉽지 않은 데 기인한다.

가령 우리나라에서도 실업문제를 해결하기 위해
외국인 노동자들을 다 몰아내야 한다고 선동하면
박수를 칠 사람들이 있을 것이다.
경제가 좋을 때는 힘든 일 안 하겠다고
외국인 노동자들을 받아들여
공장을 돌아가게 하면서 경제발전을 시켜 놓고
경제가 어려워지니까
그것이 마치 외국인노동자의 탓인 것처럼
그들에게 화살을 돌리는 것은
'이기적'인 사람들이 쉽게 할 수 있는 일이란다.

한 성현의 말씀에 의하면
이런 모든 문제들의 근본 원인은
탐욕과 성냄과 어리석음(**탐진치貪瞋癡**)이라고 한다.

2011.07.29.
아빠가

사랑하는
아들에게

# 자율

사랑하는 아들아,
오늘은 계속되던 폭우가 멈추고
매미 소리가 요란한 더운 날이구나.
땅속에서 수년을 지내다
한 철을 보내기 위해 지상으로 올라온 매미들에게도
오랜 비는 견디기 어려웠을 것이다.

엄마가 너에게 집중하지 않는다고 성화를 내고
너는 엄마한테 항변하는 것을 보고 답답했다.
사람이 항상 집중할 수는 없는데,
엄마는 너무 욕심이 많은 것 같고,
너는 미리 대비해서
시간을 효과적으로 쓰면
얼마든지 편하게 할 수 있을 것 같은데
무계획적으로 시간을 쓰는 것 같다.

사람은 자율성을 가진 존재다.
남의 잔소리나 타율적 기준에 의해
살아가다 보면 좋은 인격을 형성하기 힘들다.
스스로 판단하고 스스로 실천하는
습관을 들이기를 바란다.

# 사회 문제

사랑하는 아들아,
어제 우리 사회의 현대사에 관해
함께 이야기하였는데,
사회문세를 파악하기는 쉽지 않지?
마치 산은 하나지만
그 모습은 보는 방향에 따라 다르고
그 정상에 오르는 서로 다른 길이 많듯이
같은 현상에 대해서도
시각에 따라 해석과 견해가 다양하단다.

표면적인 현상 배후에 흐르는 원인과 결과를
파악하는 것은 결코 쉬운 일이 아니다.
공부를 많이 하고 통찰력을 길러야 한다.

선입견을 가지고 너무 성급한 결론을 내려 하지 말고
깊게 생각해 보는 훈련을 하는 것이 좋다.
반대의 입장도 헤아려보는 것이 중요하다.
국내외적인 여러 가지 갈등은 자연·과학적 방법만으로
간단히 해결될 수는 없다.

2011.07.31.
아빠가

# 감사하는 마음

사랑하는 아들아,
오늘도 공부하느라고 고생이 많겠구나.
세상의 모든 일은
어떤 시각에서 보는가에 따라 달리 보인다.
정육면체라도 보는 각도에 따라서
정사각형으로 보일 수도 있고
마름모나 직사각형으로 보일 수도 있듯이 말이다.
재능을 가지고도
환경이 좋지 못해서
필요한 교육을 받지 못하는 사람도 있고,
어제 영화의 주인공처럼
천재성을 인정해주고 꽃피우게 해 줄
사람을 만나지 못해서
불행하게 삶을 마감하는 사람도 있다.
재능에 감사하고
공부할 수 있는 건강과 환경에
감사하는 마음가짐을 가지면
배울 수 있다는 것이
얼마나 감사한 일인지 모른다.
이렇게 감사한 마음으로 배운 실력은

나 뿐만 아니라 다른 사람들을 위해서도
쓰게 될 것이다.

2011.08.01.
아빠가

# 함백산

사랑하는 아들아,
어제 함백산, 야생화축제에 무사히 다녀와서 좋구나.
걱정했는데, 너랑 엄마가 잘 걸어서
예정보다 일찍 산행을 마쳤다.
오랜만에 높은 산에 가보니
공기도 경치도 기분도 다 좋았다.
다 '함咸', 흰 '백白', 뫼 '산山'
산 이름도 좋았다.
나중에 눈 쌓인 겨울에 등산하면
더 좋을 것 같더라.

너는 처음에는 풀이 살에 닿는다며
투덜투덜했지만
잘 버티면서 산행을 해서 대견하게 생각한다.
산행은 몸과 마음의 건강에 무척 좋다.
엄마도 오가는 차 안에서 잠도 보충하고
가사에서도 해방되어 좋았을 것이다.
무더위가 시작된 것 같구나.
더운 여름을 잘 보내자.

2011.08.07.
아빠가

# 생각하는 힘

오늘부터 다시 토론 준비가 시작되었구나.
토론과 논쟁을 하기는 쉽지 않고,
더구나 상대방을 승복시킨다는 것은 더욱 어렵다.
결정적인 논거가 있는 경우에는
논쟁 자체가 성립하지 않지.
대부분의 논쟁은 결국
어떤 가치를 보다 중시하는가 하는
가치관, 세계관, 우선순위(priority)의 문제로 돌아간다.

토론이나 논쟁 자체가 목적은 아닐 것이고
그것을 통해서 바람직한 결론을 얻자는 것이니까
그러기 위해서는 바람직한 방향에 관한
자신의 가치 기준이 있어야 한다.
이것은 하루아침에 얻어지는 것은 아니고
또 한 번 정한 기준이 죽을 때까지
불변하는 것도 아니다.
끝없이 자신과 사회에 대한, 자연에 대한
관찰과 성찰이 필요하다.

'생각하는 힘'이 바로 사람의 힘이다.

사랑하는
아들에게

2011.08.09.
아빠가

# 과거의 교훈

사랑하는 아들아,
내일 있을 한국사 시험 준비하느라 고생이 많다.
역사로부터 배우지 못하면 어리석은 사람이다.

자신의 과거 경험으로부터 교훈을 얻지 않고
잘못된 일을 계속 반복하면
실패의 구렁텅이로 빠져들게 되고,
과거의 경험을 살려 잘못을 반복하지 않으면
올바른 삶을 살게 된단다.
바르게 살려면 항상 자신을 돌아보아야 한다.

공자의 제자인 증자는
하루 세 가지로 자신의 몸을 돌아본다고 했다.
첫째, 남을 위해 일을 함에 있어서 충실하지 않았는가?
둘째, 친구와 사귐에 있어서 신의가 없었는가?
셋째, 전해 오는 바를 익히지 않았는가?
曾子曰 吾日三省吾身
爲人謀而不忠乎
與朋友交而不信乎
傳不習乎

2011.08.12.
아빠가

# 진정한 광복

아들아, 광복절이다.
일본의 압제와 속박에서 벗어난 날.
얼마나 큰 환희의 날이었겠느냐?
그런데 우리의 힘으로 독립을 쟁취하지 못하고
미국의 군사적 승리로 해방되고
그 후로도 열강들의 나눠 먹기에
희생양이 된 우리 조국의 운명을 보면
안타깝기 그지없다.
게다가 아직도 합리성이 기준이 아니라
색깔론과 편 가르기로
무분별한 갈등과 투쟁이 계속되고 있다.
역사의 질곡으로부터의 진정한 광복은
언제 올 것인지 답답하다.

너는 요즘 여러 가지 일로
너무 무리하는 것 같다.
금속도 탄성의 한계를 넘어가면 부러지듯이
사람도 참을 수 있는 한계를 넘으면 아프게 된다.
쉬어 가면서 하도록 해라.

2011.08.15.
아빠가

사랑하는
아들에게

# 인문학적 소양

사랑하는 아들아,
어제 작곡 공부를 그만하겠다고 결정한 것은
네가 판단하는 대로 하는 것이 좋겠다.
너는 비용을 강조했지만
그것보다는 기회비용이 더 중요한 것 같다.
작곡에 너무 많은 시간과 관심을 쏟으면
꼭 해야 할 다른 공부가 영향을 받게 되니까 말이다.
다음에 기회가 있으면 다시 배우더라도
지금은 학교 교과목의
학습 진도를 점검해야 할 것 같다.

그리고 아빠랑 틈틈이 논어 공부를 같이할
친구를 찾아보아라.
그런 공부는 하루아침에 되는 것이 아니며,
인문학적 소양이야말로
좋은 토론과 문장의 토대가 된다.

하는 것이 많은 너에게
엄마 아빠의 욕심이 많다는 것을 인정하지만
너에게 좋은 것을 주고 싶은
우리 심정도 헤아려주렴.

2011.08.17.
아빠가

# 세계 문제

사랑하는 아들아,
정말 오랜만에 햇빛이 비치는 아침을 맞은 것 같다.
우리나라 기후가 변한 것이 아닌지도 모르겠다.
일조량이 부족해서 농사가 잘 안 돼
물가가 오르지 않을까 우려된다.

우리 삶에는 너무나 많은 변수가 작용한다.
아빠가 어렸을 때는
미국이나 유럽의 경제사정이 우리나라에 미치는
직접적인 영향이 미미했는데,
오늘날은 즉각적이고 대규모적인 영향을 미치고 있단다.
너도 세계 문제에 관심을 넓히는 것이 좋다.
기후, 경제, 군사, 인권, 환경, 우주….

2011.08.18.
아빠가

# 소중한 순간

사랑하는 아들아,
이제 또 새 학기가 시작했구나.
첫날 어땠니?
선생님과 친구들 모두 반가웠니?

우리의 하루하루 매 순간은 모두 소중하다.
순간은 일생 아니 이 온 우주에서
단 한 번만 존재하는 것이다.
이 순간이 존재하기 위해서
온 우주가 그 끝없는 기간 동안
사전작업을 해 온 것이다.
간단히 말해서 엄마 아빠가 만나지 않았으면
너의 오늘은 없었다는 말이다.

소중한 하루, 매 순간을
기쁘고 즐겁고 감사하게 보내자.

2011.08.22.
아빠가

# 최선을 다하면

사랑하는 아들아,
이제 9월이구나.
어젯밤에 배구 언더핸드 토스 연습을
열심히 하더구나.
그리고 생각보다 잘하더구나.
무엇이든 열심히 하는 자세가 중요하다.
인생은 그럭저럭 보내기에는
너무나 소중하단다.

하지만 열심히 한다고 해서
언제나 원하는 것을 얻을 수는 없다.
그렇지만 열심히 하지 않고
원하는 것을 얻는 것은 불가능하지.
또 열심히 하지 않으면
실패했을 때 후회가 남는단다.
최선을 다했다면
실패하더라도 후회는 없을 것이다.
하늘이 높고 말이 살찐다는 天高馬肥 가을이다.
우리 아들도 잘 먹고 살 좀 쩌라.

2011.09.01.
아빠가

# 지식과 인격

사랑하는 아들아,
여러 가지 배우느라 힘들지?
경쟁 때문에 어쩔 수 없이
한다고 생각하면 더 힘들단다.
내 건강과 지능과 환경이 허락하여
배울 수 있다는 것을 기쁘게 생각해야 한다.

배워서 남보다 잘하게 된다는 것이
궁극적인 목표는 물론 아니란다.
너도 잘 알고 있듯이
남을 이겨서
사회적으로 성공한 것처럼 보이는 사람들도
비리로 얼룩져 있는 경우가 있고
고위 공직에 취임한 사람들 중에도
비난과 손가락질을 받는 경우가 있다.
그런 사람이 행복할까?
남에게 행복을 줄 수 있을까?

어리석은 사람에게는
많이 배운 것이 오히려 독일 수 있다.
인격이 수반된 지식이라야
향기를 낼 수 있는 것이다.

2011.09.02.
아빠가

# 봉사

사랑하는 아들아,
가족이 함께 안나의 집에 봉사를 갔다 오니,
참 잘했다는 생각이 든다.
아빠도 목욕봉사는 처음 해 보는 일인데,
남에게 도움을 줄 수 있어 행복하다.
너도 갈 때는 투덜투덜했지만
느끼는 점이 많았으리라 생각한다.
어떻든 너에게 봉사활동 교육을
몸소 실천함으로써 했다는 점에서
큰 의미가 있다고 생각한다.

기회가 되면
네가 가진 재능(**피아노 연주**)으로 봉사해 보아라.
봉사하는 사람이 행복하다.

2011.09.10.
아빠가

# 의심 버리기

사랑하는 아들아,
학교에서 바지를 잃어버렸는데,
다른 학생이 훔쳐갔다고 생각한다면서?
무조건 남을 의심하거나 하면 안 된다.
물건 잃어버린 것에서 그쳐야지.
의심하는 사람의 마음은 편치 않다.
털어버리고
그런 일이 다시는 일어나지 않도록
자기 물건을 잘 관리하는 것이 필요하단다.

2011.09.22.
아빠가

# 가을비

사랑하는 아들아,
가을 들어 비가 오지 않더니
오늘은 모처럼 비가 왔구나.

엊그제 사망한 천사 배달부의
소식이 아빠에게 너무 큰 메시지를 주는구나.
고아 출신, 혈혈단신, 전과자 김우수 씨가
월수입 70만 원의 일부로
어린이들을 후원하고 있었다는 사실이
그의 죽음으로 알려지게 되었다.
어떻게 살아야 잘 사는 삶인지.
왜 공교육으로는 자비심이 길러지지 않는지.
나는 왜 욕심을 버리지 못하는지.
우리들의 적나라한 모습을 드러내는
일대 사건이라고 생각된다.
그를 추모하듯
가을비가 내렸다.

2011.09.29.
아빠가

# 개천절과 홍익인간

사랑하는 아들아,
오늘은 개천절 공휴일이구나.
알다시피 개천절의 배경에는 단군신화가 있고
단군신화는 '홍익인간'이라는 사상을 담고 있지.
자신만의 이익을 추구하지 않고
인간人間, 사람 사이, 사람들의 관계
즉, 공동체에 이익이 되도록 한다는 생각은
갈수록 소중하다는 생각이 든다.

남의 자식이야 망하든 말든
내 자식만 잘하면 된다는 생각으로,
공교육은 포기하고
사교육에 열을 올리는 사람들.
지구야 멸망하든 말든
분수에 넘치게 큰 차를 타고 다니고
시원하고 따뜻하게 지내면서 사는 사람들.
사법제도가 부패하든 말든
돈 주고 부탁하여 유리한 처분을 받겠다고
부정청탁을 하는 사람들.

건전한 취미생활을 하지 않고
마시고 흥청대며 타락한 생활을 하면서
자기 아내나 자녀들은
깨끗하고 건전하기를 바라는 사람들.
이런 사람들은 그런 일이
마침내 자신과 자신의 자녀에게
고통과 파멸을 가져다준다는 것을
깨닫지 못하고 있다.

자신을 지키고 남을 이롭게 하는 일은
지성인이 추구해야 할
동서고금의 나침반이다.
기독교에서는 이것을
자기 구원을 받은 후에
이웃 사랑을 실천하는 것이라고 하고,
불교에서는 이것을
위로는 진리를 구하고
아래로는 뭇 생명을 교화하는 것
上求菩提 下化衆生이라고 하여 표현만 다를 뿐이다.
이렇게 훌륭한 삶을 살아가려면
우선 성실한 자세와 탄탄한 실력을 갖추어야 한다.

2011.10.03.
아빠가

# 가을 추위

사랑하는 아들아,
가을인가 싶더니 기온이 내려가
이제 겨울이 멀지 않았음을 예감케 하는구나.
그렇다, 우주는 우리에게 모든 것을 예고해 준다.

그래서 지혜로운 사람은
낙엽이 지는 것을 보고도
인생이 유한한 것을 알아차리고
소중한 인생을 값지게 살아간다.
짐승들도 추위가 다가올 것을 알고
겨우내 살아갈 준비를 한다.
그러나 어리석은 사람은
그것을 보고도 아무런 깨달음이 없이
허송세월하다가 가고 만다.

너에게 대학을 준비하는 기간은
매우 소중하고 힘든 시간일 것이다.
건강에 유의하고 자신감을 갖거라.
잘 견뎌내면서 착실히 준비하면
좋은 결과가 있을 것을 의심하지 않는다.
하루하루를 열심히 살아가는 것 외에
다른 방법은 없다.

2011.10.17.
아빠가

# 자기 성찰

사랑하는 아들아,
자기 자신을 안다는 것은 어려운 일이다.
오죽하면 소크라테스가 다른 사람들에게
'너 자신을 알라'고 외쳤겠니?
대부분의 사람들은 주제 파악을 못하고
그럭저럭 제 고집대로 살다가 죽어간다.
자신의 삶을 성찰하지 않으면
귀한 인생을 낭비하면서도
그 길이 살길이라고 착각하면서
당당하게 잘난 체하면서 살게 된다.
마치 코흘리개들이
딱지 몇 개를 따기 위해 아웅다웅하듯이
그렇게 헛되이 살지 않으려면
항상 자신을 돌아봐야 한다.
공자님 같은 분도
하루에 세 번 자신을 돌아본다고 했다.

2011.11.04.
아빠가

# 성실성과 진실성

사랑하는 아들아,
밤늦게까지 공부하러 다니느라고
고생이 많다.
아빠는 오늘 입시 면접이 있어 학교에 나왔다.
요즘은 로스쿨 졸업생들도
대규모 실업사태가 예상된다고 하는구나.
우리나라에서도
외국처럼 변호사 택시기사가 나올 것 같다.
너도 토론을 좋아해서
법률 쪽에 적성은 있을 것 같다.

어떤 학문이나 자격은
성실성과 정직성이 기본이다.
그것을 잃으면 악에 이바지하게 된다.
단순한 주장이나 반박 기술이 아니라,
진지하게 생각하는 힘을 길러야 한다.
깊이 생각하는 아들이 되어라.

2011.11.12.
아빠가

# 균형

사랑하는 아들아,
오늘도 무척 힘든 하루가 되겠구나.
그래도 네가 아빠의 바람대로
영어와 수학을 균형 있게 잘해서
정말 다행이고 고맙게 생각한다.

다른 문제도 마찬가지다.
예컨대 공부가 중요하지만
건강을 신경 쓰지 않으면
나중에 건강을 잃어서
공부를 잘해도 아무 소용이 없고
오히려 건강을 지킨 사람만 못하게 된다.
물론 이 균형을 지킨다는 것이
정말 쉬운 일은 아니지만….
어렵게 말하면 '중도中道'를 걷는 것이란다.
부처님도 수행을 위해
죽기를 무릅쓰고 설산雪山 고행을 했지만
그것만으로는 궁극적으로 해탈할 수 없음을 알고
쾌락의 길도 고행의 길도 아닌

중도의 길이 해탈의 길임을 선언했다.

균형을 지키면서 살도록 하자.

2011.11.18.
아빠가

# 부당한 일

사랑하는 아들아,
네가 이번 토론대회 판정결과에 불만을 가진 것을
십분 이해하면서도
몇 가지 하고 싶은 말이 있다.

부당한 일을 당하면 누구나 참기 힘들다.
그러나 이번 경험으로
자신의 화와 성질을 다스리지 않고 행동하면
일이 해결되기는커녕 더 커진다는 것을
배웠으면 좋겠다.

화를 참는 사람이 결국 이기게 되는 것이다.
사람을 망치는 3가지 독이 있는데,
탐욕과 화와 어리석음(**탐진치**貪瞋痴)이 그것이라고 한다.
화를 내면 자신을 해하게 된다.
남이 자신을 모욕하거나 부당한 일을 했더라도
화를 내지 않고 해결하는 것이 현명한 일이다.
힘들겠지만 그런 마음가짐을 평소에 훈련하면
점점 마음을 다스릴 수 있게 될 것이다.

2011. 11. 23.
아빠가

# 하심下心

사랑하는 아들아,
네가 학교생활에서 친구나 선생님들과
좋은 관계를 유지하는지
항상 걱정이란다.
네가 공부는 잘하지만
자세도 좋고 공손하고
친구들에게도 따뜻하게 대하면 좋겠다.
자세가 나쁘고
건방지거나 오만하다는 인상을 주면
오해와 질시를 받을 수 있기 때문이지.

사람들은 잘하는 사람이 오만하면
못하는 사람보다 더 싫어한다.
정치인도 그렇고 지식인도 그렇다.
이번 기회에 확실히 태도를 바꾸는 것이 좋다.
항상 겸손하고 자신을 낮추어야 한다.
수행자들도 마음을 낮추는 것下心을
중요한 수행방법이나 덕목으로 여긴다.
능력도 있지만
마음 씀이 더욱 훌륭한 사람이 되기를 바란다.

# 학문의 길

사랑하는 아들아,
주말인데도 기말고사 준비하느라고 고생이 많다.
네가 주문한 영어책을
받고 좋아하는 것을 보니
너도 학문의 길을 가는 것이 좋을 것 같다고 생각했다.
다른 길도 그렇지만
학문의 길은
좋아하지 않으면 고통스러운 길일 수 있다.
책을 읽고 생각하고 탐구하는 것이 즐겁고
그것을 남에게 전하는 것에서 보람을 느끼는 사람은
학문의 길에 적성이 있다고 할 수 있다.

이번 시험 마치고 방학이 돼
아빠도 바쁜 일정을 마치면
함께 동양의 고전과 영어 고전을 조금씩이라도
읽어보도록 하자.
보물을 발견할 수 있을 것이다.

2011.12.03.
아빠가

# 이웃에게 관심을

사랑하는 아들아,
오늘도 학교생활 잘했니?
너는 아빠한테 자발적으로 전화한 적이 없어서
아빠가 좀 섭섭하다.
주위 사람들, 특히 가족의 생활이나
정서에 관심을 가지는 것이 좋다.

공부에 전념하다 보면
정서적으로 메마를 수 있고,
그러면 인간적인 면이 없어서
공동생활을 하는데 어려움이 생길 수 있다.
주변의 이웃들,
특히 어려움에 처한 사람들을
진심으로 이해하고
고통을 덜어주려는 관심과 애정이 필요하다.
모든 사람들의 삶은 서로 연결되어 있다.
이웃이 불행한 상태로 내가 행복할 수는 없다.

2011.12.08.
아빠가

# 치아 관리

사랑하는 아들아,
아빠는 어제 치조골 이식 수술을 받아
통증이 심했는데,
지금은 통증이 좀 가라앉았지만
왼쪽 뺨이 많이 부었단다.
다른 것도 그렇지만
이도 한번 나빠지면 다시 좋아지지 않으므로
평소에 관리를 잘해야 한다.

아빠가 보기에
너는 이 관리를 잘 못하고 있는 것 같다.
저녁 식사 후에도 잠잘 때까지 이를 닦지 않고,
이 닦으라고 하기만 하면
닦지 않기 위해 먹을 생각을 하니
걱정이 되는구나.
건강관리는 자신을 위한 것이다.
남의 간섭을 받아서 할 일이 아니라는 말이지.
모든 일은 스스로 알아서 하도록 해라.

2011.12.10.
아빠가

# 역사의 흐름

사랑하는 아들아,
오늘은 너랑 둘이서만
하루를 보냈구나.
함께 여행을 간 것은 아니지만
아들과 함께해서 참 좋았다.
'부러진 화살' 영화도 좋았다.
네가 그 영화를 보고
변호사가 되고 싶다고 해서
네 안에 있는 정의감을 느낄 수 있어 더 좋았다.

우리 사회에는 불의한 사람들이 너무 많다.
그리고 많은 사람들은
그것을 알면서도
숙명처럼 살아가고 있다.
그렇지만 역사는 도도히 흐르고
누구도 그 흐름을 되돌릴 수는 없다.
우리는 역사를 거스르는 삶을 살지 않도록
실력을 기르고 자기 성찰을 하면서
살아가도록 하자.

2012.01.19.
아빠가

# 용기를 잃지 말자

사랑하는 아들아,
어제는 기온이 높더니
오늘은 빗방울이 떨어지는구나.
지구 온난화의 영향이겠지?
매일 수십 종의 생물이
지구에서 멸종된다는데
정말 이 지구는 어디로 가는 것일까?

우주가 팽창하고
지구가 태양의 주위를 공전하면서 자전하는
그 속도를 생각하면
우리가 이렇게 살고 있는 것 자체가
신기하기만 하다.
우리는 이렇게 주어진
우리의 소중한 삶을
잘 살아야겠지.

늦게 자고 일찍 일어나서
하루 종일 공부하느라 고생이 많다.
그렇지만 용기를 잃지 말기를 바란다.
마음이 강하면
모든 것을 이겨낼 수 있다.

2012.01.20.
아빠가

# 신중하고 또 신중하게

사랑하는 아들아,
어제저녁부터 토론 대회 참가와 관련해서 말이 많았구나.
마음에 안 드는 친구와 한 팀이 되고 싶지 않은 것은
누구든 가질 수 있는 감성이지만,
그것을 표현하고 처리하는 것은
신중하고 점잖게 해야 한다.
네가 그 사람에게 직접 말하지 않더라도
그 소식이 그 사람에게 전해질 수 있다.
그 사람이 마음에 받을 상처를
고려하지 않고 행동해서는 안 된다.
네가 그런 상황을 당했을 경우를 생각해보면
무슨 뜻인지 헤아릴 수 있을 것이다.
몇 가지 상황을 가지고 추론해서
다른 경우도 그럴 것이라고 판단하는 것은
사람이 할 수 있는 일이고
그런 능력이야말로 인간의 기본적 지능에 속한다.
하지만 남과 관련된 일일 경우에는
신중하게 확인하고 일을 처리하는 것이 필요하다.
이번처럼 일관성 없이 행동하면

실없는 사람,

믿을 수 없는 사람으로 낙인찍힐 수 있다.

세상을 살기가 쉬운 것이 아니다.

2012.01.27.

아빠가

# 경우의 수

사랑하는 새봄아,
아빠가 이야기했지만
어제 편집위원회 회의 때
경우의 수가 문제가 되었는데,
수학을 배운 지가 오래되어 해결을 못 했었다.

그런데 그 말을 들은 네가
즉석에서 해결하는 것을 보고
다시 한 번 너의 수학능력을 인정하게 됐다.
배움은 실생활에서도 도움이 된다는 것을 알겠지?

2012.01.28.
너를 사랑하는 아빠가

# 스스로 단념하기

사랑하는 아들아,
오늘은 신문기사 중에 유독 게임중독에 관한 것이
눈에 띈다.
중·고등학교 시절에 게임의 덫에 걸려
성적도 떨어지고 장래가 어두워진 아이들의 이야기였다.
그것을 보며
우리 아들은 제발 절제를 배우기를 바랐다.

늪에 빠지듯이 점점 조금씩 빠져들어 가면
언젠가는 목까지 빠져들어서
죽음을 피할 수 없게 되니까
스스로 단념할 수 있었으면 좋겠다.
스스로 참고 단념하면
자신도 의젓해지고 다른 사람의 존경도 받는다.

아빠는 이제 우리 아들이
과감하게 게임 단념을 선언하기를 기대한다.

2012.02.03.
아빠가

# 행복한 사람

사랑하는 아들아,
이제는 정말 봄이 다가왔다는 느낌이구나.
곧 새잎이 나오고
다시 천지에 생기가 넘치겠구나.
아빠는 지금 도서관에서 책을 반납하고
넷북 들고 와서 책을 읽고 있단다.
도서관은 언제 와도 참 좋은 곳이다.

아들아, 세상에 수많은 사람이
태어났다 잠깐 살다 떠나간다.
그렇지만 정말 행복하게 살았던 사람들은
과연 어떤 사람들일까?
대통령? 과학자? 부자?
아빠는 자기 일에 보람을 느끼고
남에게 도움을 주는 사람이
행복한 사람이라고 생각한다.
물론 그것이 쉬운 일은 아니지.
어떻든 우리는 항상 자신을 돌아보면서
어떻게 해야 잘 사는 것인가를

기준을 세워 생각하면서 살아야 한다.
그렇지 않으면 맹목적으로 무엇을 추구하다가
어느 날 갑자기 죽음을 맞이하게 될 테니까.

2012.02.23.
아빠가

# 소통을 위하여

사랑하는 아들아,
3학년이 되어서 학기 초에
새로운 선생님과 급우들이랑
잘 적응하고 있는지 모르겠구나.
요즘 사회적으로 '소통'이 주요 관심사항이다.
가정에서나 정치에서나
의사소통이 제대로 안 되면
오해와 갈등이 커져서
큰 비용을 치르게 된다.

아들아 너도 학교에서든
개인적으로든 어려움이 있으면
항상 엄마 아빠하고 상의해야 한다.
혼자만 감추고 있으면
도와줄 수가 없고
나중에는 돌이킬 수 없는 사태가 되고 만다.

지도자들도 소통에서 실패하고
독선적인 태도를 가지면 많은 비판을 받게 된다.
반면교사라는 말이 있다.
항상 자신을 돌아보아야 한다.

2012.03.08.
아빠가

# 자기 위치에서 할 일

사랑하는 아들아,
오늘은 비가 온다더구나.
요즘 비는 맞지 않는 것이 좋으니 조심하거라.
캐나다와는 달리
우리나라는 공기가 맑지 않아서
비가 더럽고(네가 요즘 즐겨 쓰는 용어다!)
감기에 걸리기 쉽다.

엄마가
네가 학교나 사회에 불만이 많다고 했다.
생각하면서 사는 사람이라면
사회에 대한 불만이 없을 수 없지.
하지만 그런 불만을 단순히 표출하는 것은
누구나 할 수 있는 일이다.
그러한 문제의 원인이 어디 있는지를
깊이 살펴보아야
그 문제를 해결할 길이 나오는 것이다.

가령 사회에 도둑이 극성을 부린다고 해보자.
도둑에 대한 처벌을 강화하면 도둑이 없어질까?
어느 정도까지는 줄어들지 모르지만
극빈으로 인한 도둑은 처벌로 없애기는 힘들다.
극히 가난한 사람이 없도록
제도를 마련해야
그런 원인으로 생긴 도둑을
줄일 수 있는 것이다.

공자님은 '부재기위 불모기정不在其位 不謀其政'이라 했다.
'그 자리(위치)에 있지 않으면
그 정사(정치)를 도모하지 않는다'는 말이다.
제 위치에 맞지 않는 일을
무모하게 시도하지 않는다는 뜻이다.

학생의 위치에서는 미래를 준비하며
열심히 배워서
장차 책임 있는 위치에 갔을 때
잘할 수 있는 실력과 마음가짐을 길러야 한다.

2012.03.14.
아빠가

# 새롭게 보기

사랑하는 아들아,
오늘 낮 기온이 10도를 웃돌아
봄기운이 느껴지는구나.
이런 날씨가 이어지면 머지않아
봄꽃들이 만개할 것이다.

'새봄'은 계절의 의미도 있지만,
새롭게 보는 일이라는 의미도 있다.
구태의연하고 낡은 관점에서가 아니라
항상 새롭고 창의적인 관점에서
세상을 바라보라는 뜻이 담겨 있다.

세상을 바라보는 사람들의 관점은
천태만상이다.
생존경쟁의 투쟁 터로 보는 사람도 있고
사람들이 서로 돕고 살아가는 아름다운 터전으로
보는 사람도 있을 것이다.

밝고 긍정적인 눈으로
자신과 세상을 바라보며 살기를 바란다.

2012.03.15.
아빠가

# 수확을 하려면

사랑하는 아들아,
오늘도 비가 온다고 하던데
아직은 흐리기만 하고 비가 오지 않는구나.
기상과학이 발달해도
예측이 쉽지 않은가보다.

이렇듯 한 치 앞도 내다보지 못하고 사는 것이
인생이라고 한다.
그러나 씨를 뿌려야 거둘 수 있고
잡초를 제거해야 많은 수확을 할 수 있다는
원리는 변함이 없다.

씨를 뿌려도 천재지변으로 인해
수확할 수 없을 수도 있지만
수확하기 위해 우리가 할 수 있는 일은
씨를 뿌리고 돌보는 것밖에 없다.

2012.03.16.
아빠가

# 마음먹기

사랑하는 아들아,
또 한 주가 시작되었구나.
모터사이클로 출근하는 기분이
정말 상쾌한 계절이다.
계절의 순환은 막을 수 없다.

너도 곧 고등학생이 되어 있을 것이고
머지않아 대학생이 되고
가정을 이루겠지.

항상 앞날을 생각하면서
지혜롭게 살아가기를 바란다.
그렇다고 현재를 고난과 고통 속에서
보내라는 것은 아니다.
인생은 현재의 연속이다.
현재를 깨어 있는 마음으로 맞아야 한다.

모든 일은 마음먹기 나름이다.
일체유심조一切唯心造

2012.03.19.
아빠가

# 어려움에 대처하는 방법

오늘도 학교생활 잘했니?
너는 생각은 바른데
행동이 너무 강직해서
선생님들이나 친구들에게
오해를 받을 소지가 있다고 생각한다.

불만이 있더라도
화를 내거나 과격하게 대처하지 말고
냉정하고 조용하게 대응하거라.
그렇게 하는 것이
훨씬 더 효과적이고 부작용도 적을 것이다.

항상 그다음 단계에 벌어질 일을
염두에 두고 행동을 하면
실수도 줄고 현명하게 살 수 있다.
살다 보면 여러 가지 어려운 일을 맞는데
그때그때 냉정하게 그 원인을 따져보고
대처하면 교훈을 얻고
다시는 그런 일을 맞지 않을 수 있다.

2012.03.21.
아빠가

# 장래 계획

사랑하는 아들아,
어제 네가 하는 말을 들으니
스스로의 장래에 대해
나름대로 현실적인 생각을 하고 있는 것 같구나.
이제 네가 점점 네 인생을
계획하고 실현할 나이가 된 것이다.
자기 인생에 관한 결정은 스스로 하고
책임도 결과도 스스로 받는다.
엄마 아빠는 항상 너를 도와주겠지만
최종적인 판단은 너 스스로 해야 한다.

어떤 고등학교를 갈지에 대해

많은 생각을 하고 있지?

물론 사회적인 평가도 무시하지 못하지만

가장 중요한 것은

자신에게 맞고 또 스스로 행복할 수 있어야 하는 것이다.

너무 성급하게 단정하지 말고

열심히 미래를 위해 준비하면

네가 무엇을 원하든지 다 이룰 수 있다.

몇 달 더 함께 고민을 해보자.

2012.03.23.
아빠가

# 바른 견해

사랑하는 아들아,
어제 축구공으로 다친 곳에
문제가 없는지 잘 관찰해라.
제때에 대처하면 쉽게 해결할 수 있는 문제도
때를 놓치면 힘들거나 해결할 수 없게 되기도 한단다.

아빠 학교에서는 요즘
총장을 뽑는 문제를 두고
교수, 직원 등의 대학 구성원들이
직접 투표해서 뽑을 것인가
총장선출(추천)위원회를 통해 선출할 것인가를 놓고
의견이 분분하다.

바른 견해正見을 갖는다는 것은
어떻게 보면 정말 어려운 일이지만,
달리 보면 전혀 어렵지 않은 일이다.
욕심과 사심을 버리고 보면 정견이요
욕심과 사심을 가지고 보면 사견이다.

하지만 욕심과 사심을 버리기는 쉽지 않단다.

2012.03.29.
아빠가

# 대학에서

사랑하는 아들아,
오늘 이화여자대학교를 방문했는데
많은 것을 보고 느꼈니?
대학은 인류가 그동안 쌓아 온 지식을
축적하고 발전시켜 후세에게 전하는 기능을
담당하는 곳이다.
대학은 진리를 추구하는 사람들이 모인 곳이지.
진리는 당대 사람들이 '믿는 허상'과
충돌하는 경우가 많단다.

모든 사람이 태양이 지구 주위를 돈다고 믿을 때
그 반대가 진리임을 발견한 사람은
당대에 환영이 아니라 핍박을 받았다.

이처럼 때로는 진리를 추구하는 것이
생명을 위태롭게 하기도 한다.
역사상 얼마나 많은 사람들이 진실을 캐다가
죽임을 당했는지 모른다.

그러나 결국 진리가 승리한다.
허위의 어둠은 진리의 빛을 이기지 못하기 때문이지.

2012.03.30.
아빠가

# 인생의 원리

사랑하는 아들아,
곧 개나리와 목련꽃이 터져 나올 것 같다.
지구가 시속 30km의 속도로 날아가고 있다니
느낄 수도 믿기도 어려운 일이다.
우리가 보고 있는 지구는
가만 멈춰 있는 것 같은데 말이야.
우리의 느낌과 생각은 이처럼
어떤 한계에 갇혀 있는 것이다.

꼭 그런 물리적인 현상이 아니더라도
많은 사람들은 돈을 많이 모으면
행복하리라고 생각하면서
방법을 가리지 않고 긁어모으고 있다.
그러나 정당한 대가가 아닌
돈이 행복을 가져다주는 법은 없다.
그런데도 어리석은 사람들은
뒷일은 생각하지 않고
무작정 돈을 좇는다.
겉과 눈앞의 현상에만 집착하면

누구나 어리석음에 빠지게 된다.

눈에 보이지 않고 느끼기 어렵지만

분명히 존재하는 소중한 인생의 원리를 따라야 한다.

그렇지 않으면 불행해진다.

2012.04.01.

아빠가

# 이치에 따르자

사랑하는 아들아,
어제는 눈 섞인 비가 내리고
강풍이 불어
다시 겨울로 돌아가나 싶었단다.
하지만 아무리 일시적으로 추위가 기승을 부리더라도
결국은 봄이 올 수밖에 없다.

마찬가지로 아무리 거짓말로 둘러대고
몸부림을 치더라도
진리가 드러나 악을 물리치는 것을
막을 수는 없다.

세상의 이치가 이러한대도
어리석은 사람들은
그것을 깨닫지 못하고
눈앞의 일에 코를 처박고 살아간다.

이치를 거스르면 반드시 망한다.

옛말에도

'하늘에 따르는 자는 흥하고

하늘에 거스르는 자는 망한다

順天者興 逆天者亡'고 했다.

2012.04.04.
아빠가

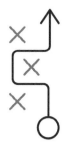

# 새봄의 의미

사랑하는 아들아,
어제 아빠 학교 교정에
개나리와 진달래가 피기 시작했다.
정말 놀라운 일이다.
그 전날 눈비가 섞여 내리고
강풍이 불어 겨울로 돌아간 것 같더니,
어제 햇빛이 나니
보란 듯이 노랑 진분홍 꽃이
모습을 드러내니 말이다.

우리가 태어난 것도 놀라운 일이고
우리 앞에 꽃이 나타난 것도 놀라운 일이다.
우리가 매 순간 맞이하는 현실은
항상 다른, 새로운 현실이다.
많은 사람들이 짧은 인생을
지루하게 살다가 가는데,
그것은 인생의 본 모습을 보지 못하기 때문이다.

항상 새로운 눈으로 세상을 보며
살아가기를 바란다.
그것이 새봄의 진짜 의미다.

2012.04.05.
아빠가

# 거짓과 편법

사랑하는 아들아,
선거가 다가오니 시끄럽구나.
사회가 민주적이 되려면
구성원들이 합리적이여야 하는데,
많은 사람들은 아직도
왕조시대에 살고 있는 것 같구나.
권력을 지키는 가장 좋은 방법은
법과 원칙대로 하는 것인데
그 편한 길을 놔두고
왜 구태여 불법과 편법의 길을 가다가
파멸하는지 모를 일이다.

논문을 표절하여 박사 논문을 받아 교수가 되면
사기인생을 산 것인데,
그것도 모자라 국회의원 하겠다고 출마하여
표절이 들통난 사람에게서는
학위, 교수직, 후보직, 명예
모두 날아가겠지.
거짓과 편법은 반드시 파멸을 가져온다.

단기적인 눈속임은 가능할지 모르지만
그것은 결코 행복을 가져다줄 수 없다.
반드시 명심해야 한다.

2012.04.06.
아빠가

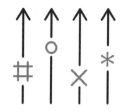

# 만물의 의존관계

사랑하는 아들아,
저동고등학교 울타리에
개나리꽃이 피어나기 시작하는 것을 봤단다.

꽃이 그냥 피는 것은 아니다.
햇빛과 공기와 물 등의 온갖 조건이
갖추어져야만 가능한 일이다.
우리가 살아가는 것도 그렇단다.
그러니 항상 감사한 마음가짐으로
만물을 대해야 한다.
나보다 어떤 능력이 뒤진 사람이 바로
나를 뒷받침해주고 있는 것이니
그들에게도 역시 감사하는 마음을 가져야 한다.
다른 사람이 나보다 능력이 뛰어나다면
내가 더 힘들게 살아갈 것 아니냐?
이처럼 우리는 서로 의존하면서 살기 때문에
당연히 서로 도우며 살아야 한다.
자기 능력을 자신의 이익만을 위해서가 아니라
동시에 다른 사람을 위해서도 써야 한다.

2012.04.07.
아빠가

# 사실대로 보기

사랑하는 아들아,
어제는 아빠가
제19대 국회의원 선거 투표를 마치고
학교에 나와 논문을 쓰느라고
너에게 메일을 보내지 못했구나.

선거 결과를 이변으로 받아들이는 사람이 많은 것 같다.
여당이 과반의석을 차지하리라고
예상했던 사람이 거의 없었던지
여당도 놀랐다고 한다.

그러나 이 우주에 이변은 없다.
다 그럴만한 이유가 있었기 때문에
그대로 결과가 나타났을 뿐이다.
의외의 결과가 나타나면
자신의 판단력이 부족하였음을 알아야 한다.

대부분의 사람들은
객관적으로 사물을 보기보다
자신의 희망대로 사물을 본다.
사실대로 본다는 것如實之見은 어렵다.

# 연세대 캠퍼스

사랑하는 아들아,
오늘 연세대학교에 가서 시험 보느라 수고했다.
진달래와 개나리, 목련까지
꽃을 터트려 봄의 향연이
바야흐로 펼쳐지고 있는
아름다운 교정이 아빠는 좋았다.

연세대학 학생들은
송도캠퍼스 문제 때문에
학내에 의견이 대립하고 있는 것 같더구나.
학과별로 자기들 과목에 빗대
본부를 비난하는 플래카드가 이색적이었지?

우리 사회는 이견을 합리적으로 조율하는
제도나 마음가짐이 미흡한 실정이란다.
그러니 정치에서도 대화와 설득보다는
대립과 투쟁이 지배하는 것 같다.
더 많은 대가를 치르고
경험과 학습을 해야 하는가 보다.

2012.04.14.
아빠가

# 마음을 다스리면

사랑하는 아들아,
이틀이 멀다 하고 중학생들에 관한
끔찍한 소식이 보도되고 있다.
사람들이 성적이나 돈 같은 외형적인 것만을 추구하고
성실이나 정직, 극기와 같은
내면적인 가치를 망각해 가는 것 같다.

행복은 결코 외적인 조건에 달려있지 않단다.
아무리 힘든 상황에서라도
감사한 마음으로 성실히 살아가면
행복할 수 있단다.
온 우주역사상 단 한 번만 주어지는
소중한 삶은 어떤 이유로도 저버릴 수 없는 것이다.

사랑하는 아들아,
마음을 잘 다스리면 무엇이든 이겨낼 수 있다.

2012.04.19.
사랑하는 아빠가

# 스트레스 관리 방법

사랑하는 아들아,
저녁 늦게까지 시험공부를 하느라 고생이 많구나.
스트레스가 많이 쌓일 텐데
그것을 잘 관리하는 요령이 필요하다.

스트레스가 쌓인다고 게임에 탐닉하면
오히려 스트레스가 더 쌓이고
신체에도 좋지 않단다.
정신적, 육체적으로 건강에 도움이 되고
건전한 취미활동을 통해
스트레스와 건강을 아울러 관리하는
지혜가 필요하다.

어른들의 경우 술로 스트레스를 푼다고들 하는데
그것은 알코올 중독자들의 핑계다.
알코올 성분에 중독되어
스트레스를 핑계로
계속 술의 중독에 빠져드는 것일 뿐이다.

게임 중독도 마찬가지다.

마치 게임을 하면 스트레스가 풀리는 것으로

생각하도록 너희를 속이는 것이다.

2012.04.23.

아빠가

# 천천히

사랑하는 아들아,
오늘은 토요일이지만
아빠는 중간시험 때문에 학교에 왔다.
낮에는 벌써 여름인가 싶을 정도로 덥더구나.

어제 신문에서
지난겨울의 기록적 한파로 사망자가
많았다는 기사를 보면서
얼마 전의 일이었는데도
그렇게 추웠었는지 잘 기억이 나지 않았다.
정말 정신없이 바쁘게 들 살고 있다.
여유를 가지고
자신이 어디로 가는지
방향을 잡고 살아가야 할 텐데
무엇을 위한 경쟁인지
모두 경쟁에 매몰되어서
힘겹게 살아간다.

그렇지만 항상 마음의 여유를 가져야 한다.
요즘은 느리게 살아가려는 운동이
점점 확산되고 있다.
천천히 생각하고 음미하면서 살아가자.

2012.04.28.
아빠가

# 어떤 자세로 살 것인가

사랑하는 아들아,
5월이 시작되었구나.
계절의 여왕이라고 불리는 것 같은데,
기후변화 때문인지 더위가 느껴진다.
중간고사 때문에 힘들지만
잘 견디기를 바란다.

요즘 너의 고등학교 문제로
자꾸 이야기하게 되는데
기본적으로는 네가 결정을 해야 한다.
어떤 결정을 하든 스스로 목표를 설정하고
계획에 따라 실천해 낼 수 있는
의지와 용기가 없으면
결코 성공할 수 없단다.
물론 그 일이 쉽지 않기 때문에
다른 사람들도 허우적대면서 살아가고 있단다.

중요한 것은 어느 고등학교에 진학할 것인가보다
어떤 자세로 살아갈 것인가이다.

2012.05.01.
아빠가

# 어린이날

오늘은 어린이날이자 토요일이라서
공휴일이 겹쳤구나.
너는 더 이상 '어린이날'에서 말하는
어린이는 아니지?

많은 사람들이 요즘은 어린이들이 존중받고 있으므로
어린이날이 필요하지 않다고 말한다.
그러나 아빠가 보기에는
대부분의 어린이들이 경제적으로는 궁핍하지 않고
많은 학습기회를 받고 있어서
유복한 것처럼 보이기는 하지만
어린이들이 자유롭게
자신을 펼칠 기회를 충분히 갖지 못하는 것이
큰 문제라고 생각한다.

자신의 삶을 자기답게 펼쳐갈 수 있도록
안목과 자질과 능력을 키워주는 것이 교육일 텐데
개인의 행복이나 삶의 방향하고는 무관하게
천편일률의 교육 틀에 사람을 끼워 맞추고 있으니
정말 답답하다.
새에게 헤엄치고 물고기에게 날라고 하는 격이다.

2012.05.05.
아빠가

# 나의 기쁨, 남의 기쁨

사랑하는 아들아,
아빠는 친구들하고
동문회 기수별 테니스대회에 참가했다.
3전 3패로 성석이 부진했지만
사람들과 함께 운동하는 즐거움을 누렸다.

졌다고 기분 나빠할 수도 있지만
생각하기에 따라서는
우리와 겨뤄 승리를 한 팀에게
기쁨을 준 것이니 좋은 일일 수 있다.
실제로 살면서 남을 기쁘게 해 줄 수 있는 일은
별로 없다.
대부분의 사람은 자기를 기쁘게 하려고
혈안이 되어서 살아가지만,
실은 기쁨을 별로 누리지도 못한단다.
남의 기쁨도 생각하면서 살아가는 사람은
정말 훌륭한 사람이다.

2012.05.07.
아빠가

# 참는 것

사랑하는 아들아,
어제는 힘든 날이었구나.
영어시험 정답과 관련해서
네가 납득하지 못해서 힘들었고,
또 난데없이 네가 밤에
화장실에 갇혀서 힘들었고.

화장실 손잡이는 지난번에 고장 났을 때
즉시 고쳤어야 하는데
차일피일 미루다가 결국
119가 와서 해결했구나.

제때 일을 하지 않으면
결국 더 큰 대가를 치르게 된다는 것을 알았지?
그래도 그만하기 다행이지
다친 상태로 갇혔다면
어쩔 뻔 했니?

영어 시험의 경우 정답에 불만이 있는 경우
합리적 절차를 통해 이의를 제기하고
공정한 방법으로 논의되면 좋을 텐데
너도 느꼈다시피 우리나라는 아직
그런 공정한 절차(due process)가 정착되지 않은 사회다.
유교적 억압과 불합리한 권위가 지배하고 있다.

너 혼자의 힘으로 이기기는 어렵지만,
사회는 점점 변해간다.
이러한 역사의 힘을 믿으면서
나중의 큰일을 위해
현재의 불만과 역경을 참고 실력을 기르면
기회가 올 것이다.
참는 것이 위대한 것이다.

2012.05.08.
아빠가

# 선택과 집중

사랑하는 아들아,
주말도 없이
공부하느라고 수고가 많다.
아침에 피로해 하는 네 모습을 보면
정말 안타깝다.
그런데 너는 욕심이 많아서
온갖 일을 펼쳐 놓고 힘들어 하는 것 같구나.
욕심을 줄여라.
너무 많은 일을 시도하다가는
어떤 일도 제대로 되지 않을 수 있다.
꼭 해야 할 일 중심으로 선별해서
노력을 집중하는 것이 좋겠다.

오늘은 네가 점심에 삼겹살을 잘 먹어서
아빠는 기분이 좋았다.
잘 먹어 체중도 늘고
건장해지기를 바란다.
아들아, 힘내라.

2012.05.12.
아빠가

# 자기다운 삶

요즘은 일기예보가 잘 맞는 것 같다.
과학기술이 발전하니까 그렇겠지.
그런데 요즘에는 지구가 소규모 냉각기로 접어들었느니
온난화로 인해 기온이 상승하느니 하면서
과학자들 간에도 논쟁이 있는 모양인데,
문외한인 우리로서는 판단할 능력이 없으니 답답하다.

과학기술이 발전해도
모든 것을 정확히 예측하는 것은 어려운가 보다.
분명한 것은 과학기술로도 사람의 마음을
지배하기 어렵다는 것이다.
그 해로움이 증명되었지만
많은 사람들은 아직도
술, 담배, 마약, 게임 등에서 쾌락을 찾으려고 한다.
결국, 마음을 다스리는 것은
과학이 아니라 자신의 마음에 달려 있다.

대부분의 사람들은
자기 마음이 하고 싶어 하는 대로
끌려가며 살다가 죽고,
소수의 사람만 자기 마음을 지배하면서
자기다운 삶을 산다.

2012.05.14.
아빠가

# 스승의 날에

사랑하는 아들아,
오늘은 스승의 날이다.
아빠도 많은 선생님의 가르침 덕분에
이 위치에 있게 된 것이다.

그런데 아빠는 선생이 되어서
많은 사람을 가르치고 있는데
정말 제대로 잘 가르치고 있는지
자신이 없구나.

로스쿨 학생들은 우수한 자질을 가지고 있어서
학습능력이 뛰어난데,
괜히 잘못 가르쳐서
학업을 방해하지 않는 것만으로도
다행일 거라고 생각한다.

부담스러우니까 찾아오지 말라고 했는데도
학생들이 찾아와서
꽃도 선물로 받았다.
좋은 선생이 되도록 노력해야지.

2012.05.15.
사랑하는 아빠가

# 휴식과 양보

사랑하는 아들아,
오늘 아침에 보니 코피도 흘리고
너무 피로가 쌓인 것 같더라.
제발 휴식을 좀 취해라.
일에 중독되는 것도 위험하단다.
쉴 줄 모르고 틈만 나면
화면을 들여다보는 것도 문제다.
전형적인 중독 증세다.

아들아, 제발 휴식하는 법을 배워라.
내일 중요한 일이 있으면
오늘 무리하지 않고 힘을 비축하는 것이 필요하다.

비가 내렸다.

비 맞고 체육 행사하느라

감기에 걸리지는 않았나 걱정되는구나.

너만 학급 단체복을 입지 않았다고 들었는데,

싫더라도 단체복을 입어야 하는 상황이면

입어야 한다.

자기 개성이 중요하지만

전체를 위해 양보하는 것도 중요하다.

2012.05.17.
아빠가

# 모의유엔 전략

어젯밤에 네가 핵 관련 모의유엔 대회의
전략을 세우는 것을 보니까
쉽지 않은 과제인 것 같은데,
그것을 통해서 많은 것을 배울 수 있을 것 같다.

주안점을 두어야 하는 것은 '명분(cause)'이다.
구성원들 모두 또는 대다수가
현실적으로 공감 또는 동의하는 안이 나오기는 어렵겠지만,
구성원들의 반론에 대해
주장할 수 있는 '명분'이 있는가가 중요하다.

비록 강대국들은 보유한 핵의 폐기나 감축 또는
공동관리에 동의하지 않으려 하겠지만,
동의하지 않으면 다른 국가들이 자국의 안보를 위해
핵무기를 개발하여 보유하는 것을
금지할 '명분'이 없지 않냐고
반론을 제기할 수 있지.
그러면 '이론적'으로는 이길 수 있다.

2012.05.24.
아빠가

# 한국전쟁과 미래

한국전쟁이 일어난 지 62년이 지났다.
전쟁의 참화로부터
오늘 우리가 보고 있는 사회가 만들어지기까지
엄청나게 많은 변화와 시련이 있었다.
아빠가 대학 다니던 시절에는
군사독재 정권이 무너졌지만
신군부의 집권이 이어졌고
아직도 이 땅의 민주화는 갈 길이 먼 것 같다.
남북의 통일은 기약이 없고.

우리의 국력이 많이 커져
국제적으로도 위상이 상당히 높아졌지만
남북문제, 부의 편중, 다민족 문화 문제, 종교 갈등
노령화 가속화 문제, 에너지 과소비 문제 등
우리 사회가 해결해야 할 크고 작은 과제가 여전히 많다.
아들아, 열심히 공부해서 훌륭한 식견과 능력을 갖추어
우리나라는 물론 인류사회에도
이바지할 수 있는 인재가 되어라.
너의 지적 능력은 충분하다고 믿는다.

자신의 인격을 닦고 학업을 열심히 하면
좋은 기회가 올 것이다.

2012.06.25.
아빠가

# 소중한 것

아빠는 오늘 고양철인클럽 회원이
선생님으로 근무하는 고등학교에
진로지도 교육을 간단다.
소중한 기회이며, 이렇게 뿌린 씨앗으로
나중에 훌륭한 법조인이 나오면 얼마나 좋겠니?

너도 항상 좋은 것을 보고 본받도록 해라.
도처에 널려 있는 재미있고 자극적인 것들
(음란, 폭력, 게임)은 다 해로운 것들이다.
소중한 것은 꼭꼭 숨겨져 있어서 열심히 찾아야 한다.
그런데 그런 소중한 것들은 대부분 무료란다.
어리석은 사람들은 그것을 모르고
시간과 돈을 낭비하면서 해로운 것에 매달리며 산다.

2012.07.08.
아빠가

# 배려하는 마음

사랑하는 아들아,
어제저녁에 엄마랑 네가
토론대회 준비 강좌문제로 다투는 것을 보니
서로 자기 기준으로만 생각하는 것 같더라.
엄마에게도 이제 아들이 자랐으니
아들의 의견을 존중하라고 이야기했지만,
너도 남의 입장도 생각하는 훈련을 해야겠더구나.

남의 입장을 배려하라는 말은
남이 합리적일 때는 물론
불합리하다고 생각할 때에도 적용되며,
오히려 불합리할 경우에 필요한 덕목이다.

내가 손해 보는 것 같지만
거기에는 내가 이익 보는 측면도 들어 있고,
내가 이익 보는 것 같더라도
거기에는 내가 손해 보는 측면이 들어 있다.
너무 근시안적으로만 생각하지 말고
좀 폭넓게 생각하는 훈련을 해라.

남의 입장을 헤아릴 줄 모르면
절대 훌륭한 사람이 될 수 없다.

2012.07.13.
아빠가

# 아들아, 고맙다

사랑하는 아들아,
주말도 없이 공부하느라 고생이 많다.
너희를 이렇게 힘든 상황에 처하게 한
어른들이 원망스러울 수도 있지만
자원 없이 사람만 넘쳐나는 우리나라가
세계에서 살아남으려면
경쟁에서 이기는 방법 외에는 없는 것 같다.

그렇지만 묻지 마 경쟁을 하는 것은 문제이다.
장차 자기 인생에서 수학이 별로 필요하지 않은 사람도
이른바 좋은 대학에 가기 위해
수학 학업에 큰 비용과 노력을 투입하지 않으면
안 되게 되어 있다.
최적의 노력으로 최적의 성과를 내도록
교육제도가 프로그램되어 있지 않은 것이다.

힘든 상황에서도 항상 미소를 잃지 않고
열심히 하는 네가 항상 고맙다.

2012.07.29.
아빠가

# 흔들리지 말고

사랑하는 아들아,
중국어 공부하느라 힘든 것 같은데,
어학 공부를 열심히 하는 것은 매우 중요하다.
어학이 힘든 것은 그만큼
잘하는 사람이 드물다는 것이고
그 장벽을 넘어서면 희소가치를 누리게 된다는 것이지.
물론 외국어를 유창하게 한다는 것은
정말 쉽지 않은 일이다.

고등학교 문제로 걱정이 많은 것 같구나.
주변 친구 중 이미 과학고 합격이
결정된 아이들도 있어
더 초조하게 생각될지도 모르겠다.
그렇지만 그런 외부의 사정에 휘둘리지 말고
꾸준히 자기 갈 길을 가면 된다.

2012.07.30.
아빠가

# 희망

사랑하는 아들아,
감기 기운이 있는데도 마지막 입시준비로
너랑 엄마랑 고생이 많구나.
그래도 희망을 가지고 준비하는 과정은
행복하다.
희망이 없으면 살 수가 없지.

그런데 위대한 사람은
아무리 어려운 상황에서도
희망을 찾을 수 있단다.
또 그 희망의 불꽃을 남에게도 전해 준단다.

2012.11.04.
아빠가

# 후회 없도록

사랑하는 아들아,
오늘은 수능일이구나.
네가 3년 뒤에 맞이할 날이구나.
학교가 쉬는 날이라고
네가 자고 있는 것을 보고
아빠는 학교에 왔다.

현재는 힘들고 더디 지나가는 것 같지만
지난 세월을 돌이켜 보면
눈 깜짝할 사이에 지나버린 것 같다.
현재의 삶이 중요하다.
미래를 위해
현재를 질식시키라는 말은 아니다.
현재를 후회 없도록 살아야 한다.

2012.11.08.
아빠가

# 마음이 근원

아들아, 오늘 하루도 힘들겠구나.
어제도 늦게 귀가했는데….
비가 내려서 햇볕이 없어
아빠 남쪽 연구실도 춥다.
감기 기운도 좀 있고
어제까지 입시 때문에 긴장해서인지 피로하다.

아빠가 법학전문대학원 인증 현지평가와
입시 고비를 무사히 넘겨 다행이다.
규정과 원칙을 지키면서
구성원들이 협력하게 하는 것은
쉽지 않은 일인 것 같다.

마음은 실체가 없는 것 같지만
가장 중요한 것이고
그것을 다루는 것은 역시 마음뿐이다.
마음이 만물의 근원이다.
心爲法本

2012.11.11.
아빠가

# 햇빛이 좋다

사랑하는 아들아,
오늘은 아침부터 햇살이 강렬하구나.
저 멀리 떨어진 태양 빛이
우리 삶을 있게 하고
좌우한다는 사실이 경이롭다.

우리는 세상을 살면서 하고 싶은 것도 많고
뜻을 이루지 못해 좌절할 때도 있지만
살아서 저 태양을 보고 느낄 수 있다는 것만으로도
놀라운 일 아니냐?

이제 외고 서류평가 결과발표일과
면접일이 며칠 남지 않았구나.
긴장되겠지만 마음의 여유를 가지고
임했으면 좋겠다.

2012.11.13.
아빠가

# 서울랜드

사랑하는 아들아,
오늘은 서울랜드로 교외활동 가는 날이구나.
네가 어렸을 때 가보았던 곳인데
기억이 나진 않을 것이다.

오후에는 비가 온다고 하는데
놀이시설을 이용하는 데 조심해야 한다.
중요한 입시일정을 앞두고 있으니까
감기 걸리거나 다치지 않도록
특별히 유의하거라.

너는 오늘도 휴대전화나 카카오톡을 보지 않는구나.
무엇 때문에 휴대전화를 가지고 있는지 모르겠다.
우리 아들에게
그런 곳에 가서 가끔 엄마 아빠한테
전화하는 센스를
기대하는 것은 무리인가 보다.

2012.11.16.
아빠가

# 불의의 사고

사랑하는 아들아,
어제는 아주 가까운 지인의 사망소식으로
얼떨떨했단다.
사람은 언젠가 죽기 마련이지만
어떤 죽음을 맞이 할 것인가는
예측할 수 없다.
그래서 성현들이 매 순간이
자기 인생의 마지막 순간인 것처럼
살라고 했을 것이다.

아들아,
너랑 엄마가
아빠가 오토바이를 타는 것을
걱정하는 것을 잘 안다.
아빠도 진지하게 생각을 해 보겠다.
지금까지는 전혀 위태로운 상황이 없었지만,
정말 불의의 사고가 문제인 것 같구나.

2012.11.17.
아빠가

# 올바른 생각

사랑하는 아들아,
서류전형 통과를 축하한다.
이제 2대1의 면접시험만 남았구나.
요즘은 경쟁률이 무시무시하다.
우리 대학 수시 논술고사는 경쟁률이
100대1이 넘었다고 한다.

2대1의 경쟁률이라고 쉬운 것은 아니다.
두 사람 중 한 사람은 고배를 마시게 된다.
최선을 다하면 결과와 관계없이
후회는 없을 것이다.

이제 남은 기간 생각을 맑게 하고
몸을 단정하게 하는 것이 중요하다.
올바른 생각에서
올바른 몸가짐과 올바른 말이 나오기 때문이다.

2012.11.21.
아빠가

# 여유를 갖자

사랑하는 아들아,
어제 아빠랑 모의 면접해 보니까
너는 거의 걱정하지 않아도 될 것 같다.
다만 좀 더 침착하고 냉정하게
답변하면 좋을 것 같구나.
질문을 받으면 몇 초간 생각한 후에
답을 시작하면 어떨까?

너무 빨리 답을 하면
마치 예상문제의 답을 외워서
대답하는 것 같은
인상을 줄 수 있을 것 같다.
그렇다고 너무 인위적으로 뜸을 들이는 것은 좋지 않다.

여러 가지가 신경 쓰이겠지만
여유를 가지고 하면 될 것 같다.

2012.11.22.
아빠가

# 다른 각도에서

사랑하는 아들아,
면접일이 점점 다가오고 있구나.
마음을 편하게 해라.
초조해 한다고 달라지는 것은 없다.
어려운 순간일수록
마음을 대범하게 하고
침착을 유지하는 것이 좋다.

위대한 사람들은
보통사람들이 생각하고 행동하는 것과는
다른 각도에서 생각하고 행동한다.
가령 소크라테스의 제자들이
스승이 죄없이 죽게 되었다고 한탄할 때
소크라테스는
그럼 죄를 짓고 죽어야 하느냐고 반문했다.
침착해라.

2012.11.23.
아빠가

# 새로운 시작

사랑하는 아들아,
네가 희망하던 고등학교에 합격한 것을
진심으로 축하한다.
그런데 이것이 끝이 아니고 새로운 시작임을 알겠지?
다시 네 앞에 있는 길을 또 달려가야 한다.

고등학교는
네가 인생관을 키우고
삶의 방향을 결정하는 중요한 시기다.
아빠도 고등학교 시절에
정신적으로 많이 성장했던 것 같다.

학교 공부는 물론 독서와 사색도 많이 해야 한다.
고등학교 기숙사로 들어가기 전까지도
생활관리, 건강관리 잘하도록 해라.

2012.12.01.
아빠가

# 상대성 원리

사랑하는 아들아,
오늘은 이번 겨울 들어 가장 기온이 낮아 춥구나.
뒷길에는 아직 눈이 녹지 않고
언 곳도 많아 미끄럽다.
이런 추위마저도 우리는 상대적으로 느낀다.
가령 오늘이 추웠기 때문에
내일 영하 5도가 된다면
우리는 포근해졌다고 느끼는데,
만일 영상에서 영하 5도가 되면
무척 춥다고 난리다.

아빠가 군에서 복무하던 시절
최전방 철책의 날씨는 평지보다 훨씬 추웠다.
거의 영하 15도 이하였는데
그러다가 영하 5도쯤 되면
병사들이 봄날이 된 것처럼
반팔 차림으로 다니기도 했다.

이러한 '상대성 원리'를 깨달아서
삶의 지혜로 삼기를 바란다.

2012.12.08.
아빠가

# 집착 없이

사랑하는 아들아,
오늘도 무척 춥구나.
아빠는 낮에 서울성모병원에
선배 모친상 상가에 다녀왔는데,
학교에서도 다른 학과 교수님
부친상 소식이 와 있구나.

인생은 돌이킬 수 없이
죽음을 향해 나아가는 과정이라는 생각이 들더구나.

많은 사람들이 이 중요한 사실을
망각한 채 살아가고 있다.
그러므로 집착하게 되고
집착에서 많은 문제들이 파생된다.
집착하지 않는다고 해서
아무런 일도 하지 않고 되는대로 살라는 것은 아니다.
집착하지 않고
멋있게 사는 방법을 알아야 한다.

2012.12.10.
아빠가

# 실력을 쌓자

사랑하는 아들아,
대통령 선거가 끝나고
특정 후보를 지지했던 사람들에게
이른바 '멘붕'현상이 있다고 한다.
너무 열렬하게 집착하면 그렇게 된단다.

자신의 관점에서는 이해하지 못할 일이
세상에서는 많이 발생한다.
이때 자신의 고집대로 해야 한다고 집착하면
무리한 결과가 파생되지.

자신의 실력을 쌓고
자신의 힘으로 할 수 있는 영역에서
자신의 의지를 관철하고,
그것을 통해서 주변을 정화하는 것만이
자신이 할 수 있는 일이다.

세상을 불평하지 말고 실력을 쌓아라.

2012.12.23.
아빠가

# 세모歲暮에

아들아,
오늘은 2012년 마지막 날이다.
맹추위가 계속되고 있지만,
동지를 지나 해는 점점 길어지고 있다.
겨울의 한가운데에서 이미
여름을 향한 길이 시작되고 있는 것이다.

네가 원했던 학교에 합격했다고
다들 좋아하지만
이럴 때 마음을 놓고 해이해지면
그 속에 이미 실패의 싹이 트고 있는 것이고
결과가 좋지 않을 수도 있다.
좋은 일 속에서 좋지 않은 일이
싹틀 수 있다는 것이다.
항상 조심해야 한다.

우리가족 모두 힘들었던 한 해를 보냈다.
보람찬 새해를 맞도록 하자.

2012.12.31.
아빠가

사랑하는
아들에게

# 지금 중요한 일들

사랑하는 아들아,
이제 중학생으로서 마지막 겨울을 보내고 있구나.
삶의 단계에서는 그때마다
해내야 할 중요한 일들이 있다.
지금 너로서는 규칙적인 생활 습관과
체력단련이 중요한 것 같다.

기숙사 생활은 자기 책임하에서
스스로 행동해야 하고,
타인과 더불어 살아야 하므로 쉽지 않을 것이다.
시행착오를 많이 겪을 수도 있다.
상황을 잘 판단하고,
규칙을 반드시 준수하고,
남을 배려하는 마음가짐이 필요하다.

갈등이 생겼을 때
상대방을 이해하고 양보하는 것이 좋다.
항상 넓은 시각으로 봐야 한다.

2013.01.02.
아빠가

# 기후 변화

사랑하는 아들아,
매서운 추위가 이어지고 있구나.
바깥에서 일해야 하는 사람들이나
난방비를 걱정해야 하는 사람들은
얼마나 힘들겠니?
이 추위가 지구온난화 때문이라니 아이러니하다.

온난화든 빙하기든 기후의 급격한 변화가
생활에 많은 영향을 미치는 시대다.
기후의 변화로 많은 종의 생물이
멸종 또는 멸종위기에 처했다고 하니
심각한 상황인 것 같다.
그렇다고 우리가 우주의 변화를
멈추게 할 수는 없지만.

아빠는 감기에 걸린 것 같다.
감기 조심해라 아들아.

2013.01.04.<br>아빠가

# 20세기 자동차

사랑하는 아들아,
승용차 난방성능이 시원치 않아서
수리 센터에 갔더니,
냉각수(부동액) 교환,
엔진오일 교환,
요철 통과 시 삐걱 소리 나는 부품 교체,
발전기 교환,
등속조인트 교환,
펑크 수리 등으로 54만 원을 지출했다.
수년간 거의 엔진오일만 교환했는데
한꺼번에 수리하게 된 것 같다.

그래도 큰 고장과 사고 없이
우리 가족을 14년 가까이 실어 나른
고마운 20세기 자동차다.
쉽게 버리면 안 된다.
오는 9월 정기검사에 통과하면
몇 년은 더 탈 수 있을 것이다.

2013.01.09.
아빠가

# 유익한 벗

사랑하는 아들아,
감기몸살이 심해서 힘들었는데,
테니스를 치는 아빠 친구들이
운동하는 것이 더 낫다고 성화해서
테니스를 함께 쳤다.
땀을 흘리면서 운동을 하고
샤워한 후 점심을 먹었지만
감기가 심해진다면 정말 어리석은 짓을 한 셈이지.

친구 따라 강남 간다는 말도 있듯이,
친구가 참 중요하다.
공자께서 유익한 벗과 해로운 벗에는
각각 세 가지가 조건이 있다고 하셨다.
친구가 곧고, 믿음직하고, 견문이 많으면 유익하고,
친구가 치우치고, 우유부단하고, 아첨하면 해롭다고 하셨다.
너도 친구를 잘 가려 사귀기를 바란다.

2013.01.20.
아빠가

# 졸업 축하

사랑하는 아들아,
어제 중학교 졸업한 것을 진심으로 축하한다.
특히 네가 원하던 고등학교에
진학하게 되어 자랑스럽다.

그런데 '새옹지마'라는 말이 있듯이
그곳에 가서 생활을 잘하지 못하거나
학업에서 뒤처지게 되면
결코 잘한 일이 아닐 수 있다.

고등학교는 인생의 마지막이 아니라
시작단계에 불과하다.
마음을 풀면 안 되고
항상 몸과 마음가짐을 단정하게 해야 한다.

생활을 규칙적으로 하고
운동으로 건강을 유지해야 한다.
반드시 명심하고 꼭 실천하기를 바란다.

2013.02.09.
아빠가

# 겸손의 미덕

사랑하는 아들아,
낭중지추囊中之錐라는 말이 있다.
'호주머니 속에 송곳을 감추고 있더라도
겉으로 뚫고 나와서 알려질 수밖에 없다'는 말로,
인재나 재주는 숨기려고 해도 알려진다는 뜻이다.

이처럼 저절로 알려지는 것은 어쩔 수 없지만
스스로 자신의 재주를 알리는 것은
삼가는 것이 좋다.
물론 입사나 입학 인터뷰 등에서 필요하면
주저 없이 해야 하지만 말이다.

겸손은 매우 중요한 덕목 중 하나란다.

2013.02.21.
아빠가

# 스스로 책임져라

사랑하는 아들아,
오늘 너를 기숙사에 두고
엄마랑 아빠랑 돌아오는데,
한편으로 네가 잘 성장한 것이 뿌듯하면서도
다른 한편으로 네가 이제 우리 품을 떠나가서
허전한 마음이 들더구나.

잔소리처럼 자주 이야기했다만
이제 너는 독립적 생활의 주체이고
네 생활과 그 결과에 대해 스스로 책임을 져야 한다.
자신을 잘 이겨내고
공동체 생활에 잘 적응하고
행복하게 사는 지혜를 터득해라.
너는 그럴만한 능력과 소양을 다 갖추고 있다.

2013.02.27.
아빠가

# 장기전

사랑하는 아들아,
어제 입학식에서 며칠 만에 네 모습을 보니까
무척 반가우면서도
더욱 수척해진 얼굴에 엄마, 아빠는 걱정된다.
모든 일에 너무 무리하지 말고
여유 있게 즐기는 마음으로 생활해라.

여러 가지가 낯설고 불편하고
마음의 부담도 있겠지만,
그럴수록 차분한 마음가짐으로 지내길 바란다.
인생은 장기전이다.
앞뒤를 잘 살피면서
방향을 설정해서 꾸준히 나가는 것이
지름길이다.
자꾸 허둥대고 방향전환을 하다 보면
힘은 많이 들였는데, 전진하지 못한다.
건강을 잃지 않도록 조심해라.
공기가 좋은 곳이니까
잘 먹고 마음을 여유 있게 가지면
점점 잘 적응하리라 믿는다.

사랑하는
아들에게

2013.03.05.
아빠가

# 너그러운 마음 자세

사랑하는 아들아,
이제 그곳 생활에 익숙해졌는지 모르겠다.
새로운 환경, 새로운 사람들에게
적응하는 데는 시간도 필요하지만
마음가짐이 무엇보다 중요하다.
불만을 가지면 한이 없고,
감사한 마음을 가지면
모든 것이 감사한 일이 된다.

우리 아들은 항상 긍정적인 자세를 가지고 있으니
욕심을 좀 줄이면 큰 문제가 없을 것이다.
너무 조급한 마음을 갖지 말고
너그러운 마음 자세를 가지려고 힘써라.

2013.03.07.
아빠가

# 체중을 늘려라

사랑하는 아들아,
오늘은 네가 처음으로 기숙사에서
귀가하는 날이구나.
그동안 여러 가지로 불편했을 것이고,
새로운 환경에서 빡빡한 일정의 학업을 하느라
고생이 많았다.

주말에는 집에서 푹 쉬고
무엇보다 잘 먹는 것이 좋겠다.
아빠는 체중을 줄여야 하지만
너는 적정한 체중이 되도록 신경을 써야 한다.
마음에 긴장이 많으면 보통 식욕이 없다.
그러니 마음을 느긋하게 하고
먹고 싶은 것을 잘 먹고
충분한 휴식을 취하도록 해라.

2013.03.08.
아빠가

# 자신을 가다듬기

사랑하는 아들아,
기숙사 생활에 잘 적응하고 있는지 궁금하다.
엄마가 다 보살펴 줄 때와 비교하면
불편하고 귀찮은 일이 많을 줄 안다만
그것들을 제힘으로 해내는 것이
다 인생 공부다.

내 배가 고픈데 남이 대신 먹어줄 수 없는 것이
인생의 이치다.
네가 열심히 하면 너에게 그 결과가 돌아가는 것이
불변의 진리다.
남의 문제에 신경 쓰고 시비 걸지 말고
자신의 인격을 도야하고
남의 문제를 반면교사 삼아
자신을 가다듬도록 해라.

고등학교 때 쌓은 인격과 실력이
인생의 깊이를 결정한다고 생각한다.

2013.03.12.
아빠가

# 좋은 생각을 품어라

사랑하는 아들아,
네가 기숙사에 있는 동안에는
하루에 한 번도 소식을 들을 수 없어
너무나 답답하다.
아무리 시간이 없더라도
엄마에게 잠깐 문자라도 보낼 수 있을 텐데….
'무소식이 희소식'이라는 말을 위안으로 삼아야 하는지….

요즘 연일 학교 폭력에 관한 좋지 않은
기사가 나오고 있다.
우리는 네가 가해자 측에도 피해자 측에도
끼지 않기를 바란다.
신체의 폭력은 언어폭력에서 확대되고
언어폭력은 생각의 폭력에서 시작된다.
생각의 폭력은 어리석은 마음에서 발생한다.
좋은 생각을 품고 살아라.

2013.03.13.
아빠가

# 양면 보기

사랑하는 아들아,
오늘은 네가 집에 오는 날이구나.
엄마는 네가 영어토론 및 경제동아리에 들어가지 못해
실망할까 봐 걱정이 많았다.
아빠는 네가 그런 과정을 통해서
정신적으로 더 성숙하게 되기를 바란다.
세상일이 자기 마음대로 되지 않는 경우가 많고
이럴 때 어떻게 대처해야 하는지 잘 생각하고
지혜롭게 행동하기를 바란다.

세상 모든 일에는 양면성이 있어서
동아리에 뽑히지 않은 것이 반드시
나쁘다고만은 할 수 없다.
긍정적인 면을 아울러 볼 수 있는
안목을 기르기를 바란다.

2013.03.15.
아빠가

# 사랑과 포용

사랑하는 아들아,
교정에 산수유 노란 꽃이 보이기 시작했다.
봄이 오고 있구나.
지난겨울 영하 두 자리수의 추위가 이어질 때는
겨울이 끝이 없을 것 같았지만
계절의 변화를 그 누구도 막을 수는 없단다.
네 학교 주변의 숲 모습도 빠르게 변해가겠구나.
마치 너희의 몸과 마음이 자라나듯 말이다.

엄마 아빠는 네가 건강하게 지내기를 바랄 뿐이다.
친구들이나 선생님들과도 좋은 관계를 유지하고.
성인들도 불합리한 사회에 힘과 폭력으로 맞서지 않고
사랑과 포용으로 불합리를 이겼다.
큰 사람이 되려면 큰 포용력을 길러야 한다.

2013.03.19.
아빠가

# 규칙을 지켜라

사랑하는 아들아,
최저기온은 아직 0도 부근이지만
낮 기온은 봄을 느끼게 하는구나.
어제 아빠 학교 교정에서 막 피기 시작한
개나리를 보았다.

너도 바쁘고 힘들겠지만
자연의 변화와
자신의 성장을 가끔 돌아보면서
살아갔으면 좋겠다.

운동을 열심히 한다니 좋은 일이다만
너무 무리하거나 다치지 않도록 조심해라.
뭐든 지나치면 좋지 않다.

특히 학교에서 규칙을 잘 지키도록 해라.
법조인 쪽에도 관심 있는 사람이
규칙을 어기면 되겠니?

2013.03.26.
아빠가

# 돈 문제

사랑하는 아들아,
오늘 네가 전화를 해서 놀랐다.
평소에 하지 않다가 전화를 하니까 더욱 그랬다.
아빠는 너에게 송금을 했는데
네가 출금을 할 수 없다면
거래 은행에 문의를 해보아라.

학교에서 생긴 어려운 문제는 우선 담임선생님께
도움을 요청하는 것이 좋다.
친구들끼리 돈을 빌리고 하는 것도
좋은 일이 아니다.
돈 문제는 사람 사이를 갈라놓을 수도 있다.
돈을 지나치게 여유 있게 쓰는 모습을
남에게 보이는 것도 삼가야 한다.

2013.03.28.
아빠가

# 균형 잡힌 시각

어제저녁부터 내린 봄비가
오전에도 내리는구나.
봄비를 맞으면 꽃들이 일제히
함성을 지르듯 피어날 것이다.
너도 봄을 맞아 생기 있고 힘차게 생활하기를 바란다.

인생에서
지금 네가 맞고 있는 시기가 참 힘들 때다.
자신의 인생에 눈을 뜨고
미래를 준비해야 하며
이성이나 취미 등 많은 새로운 것에
관심이 생기기 때문이다.

항상 균형 잡힌 시각이 필요하다.
너무 눈앞의 일에 사로잡혀 있으면
방향감각을 잃기 쉽기 때문이다.
너는 지혜로우니까 잘해 나가리라 믿는다.

2013.04.02.
아빠가

# 엄마에게 따뜻하게 대해라

사랑하는 아들아,
이제 4월로 접어들었다.
돌이켜 보니 아빠가 어렸을 때는
4월이 정신적으로 참 힘들었던 기억이 난다.
새해가 시작되어 목표를 위해 매진하다가
4월쯤 되면 나른해지고 목표가 너무 멀게 느껴지고….

엄마가 지난 화요일 방문했을 때
네가 엄마한테 냉랭하게 대했다고
엄마가 많이 속상해 했단다.
제발 그러지 말거라.
감사하는 마음으로 엄마에게 따뜻하게 대해라.
그래도 어젯밤에 네가 전화를 하니까
엄마는 한결 편하게 잠을 자는 것 같다.

엄마들 대부분은 자녀를 떠나보내면
정신적으로 힘들어한단다.
네가 그것을 이해하고 엄마에게 잘해라.
엄마에게 하루에 한 번이라도 전화를 드리는 것이
좋을 것 같다.

사랑하는
아들에게

2013.04.03.
아빠가

# 바른 생각으로

사랑하는 아들아,
힘든 가운데서도 네가 기숙사에서 생활하면서
학교 환경에 잘 적응하는 것 같아
안심되는구나.
자기 생활을 잘하는 것은
자기에게만 유익한 것이 아니라,
가족과 나아가 사회와 인류에게도 유익한 것이다.
그러한 이치를 깨닫는다면
항상 바른 생각으로 살아갈 수 있을 것이다.

아빠가 낭비하면
가족이 경제적으로 어려움을 겪고
아들이 학비가 없어 원하는 공부를 못 할 수 있는 것처럼,

인재가 능력을 발휘할 기회를 갖지 못하면
사회적, 지구적으로도 손실이 아닐 수 없다.
항상 바른 생각으로 살아가자.

2013.04.15.
아빠가

# 청결한 몸과 마음

사랑하는 아들아,
오늘도 잘 지냈느냐?
헌법 모의재판 대회 준비를 하느라고
바쁜 가운데서도 최선을 다하는 너에게
격려와 박수를 보낸다.

너무 욕심을 내지는 말아라.
몸과 마음이 상할 수 있기 때문이다.
매사 즐거운 마음으로 하는 것이 좋다.

속옷이든 겉옷이든 너무 오래 입지 말고,
청결하게 살아라.
청결하지 않은 사람에게
호감을 느끼는 사람은 없다.
몸도 청결하게,
마음도 청결하게.

2013.05.29.
아빠가

# 한 사람의 영향

사랑하는 아들아,
최근 뉴스를 보니까
프란치스코 교황이
전임자의 방탄차 대신
20년 된 낡은 차를 타고
성직자들에게 검소한 생활을 강조하자
바티칸에 변화의 물결이 일고 있다고 한다.

이렇듯 한 사람이
주위에 좋은 영향을 미치는 것을 볼 수 있다.
물론 나쁜 영향도 마찬가지일 것이다.

한 사람의 행동, 말, 생각이 매우 중요하다.

2013. 10. 29.
아빠가

# 내면의 실력

사랑하는 아들아,
네가 생각하는 것이 비록 옳더라도
네 나이에는 한쪽 면만 보기 쉬워서
다른 측면을 놓치기 쉽다.
그러므로 쉽사리 행동하기보다는
깊은 생각과 성찰을 통해
행동하는 것이 중요하다.

어리석은 사람들은 언제나 있기 마련이니
그들에게 네 인생을 걸지 말고
너의 실력을 쌓아서
뜻을 펼 위치에 서도록 해라.
그것이 훨씬 값어치 있는 일이다.
내면의 실력을 기르고
자신의 바른 생각을 변함없이 지니며
자신의 삶에서 실현해 나가는 것이
훨씬 어렵지만 가치 있는 일이다.

2014.05.26.
아빠가

# 시간을 아껴 써라

사랑하는 아들아,
주자의 다음 글은 인구에 회자되는 구절이다.
마음에 새기고 시간을 아껴써라.


少年易老學難成 (소년이로학난성)
一寸光陰不可輕 (일촌광음불가경)
未覺池塘春草夢 (미각지당춘초몽)
階前梧葉已秋聲 (계전오엽이추성)


소년은 늙기 쉽고 학문은 이루기 어려우니
찰나의 시간도 가벼이 해서는 안 된다.
연못 둑 봄풀의 꿈을 깨지도 않았는데
계단 앞 오동잎은 벌써 가을 소리를 낸다.

‒ 주희 〈권학문〉 中

2014.06.02.
아빠가